나는
뒤로 가지 않는다

남형주 여성 바이크 라이더 성장기

청어 도서출판

나는 뒤로 가지 않는다

남형주 여성 바이크 라이더 성장기

차례

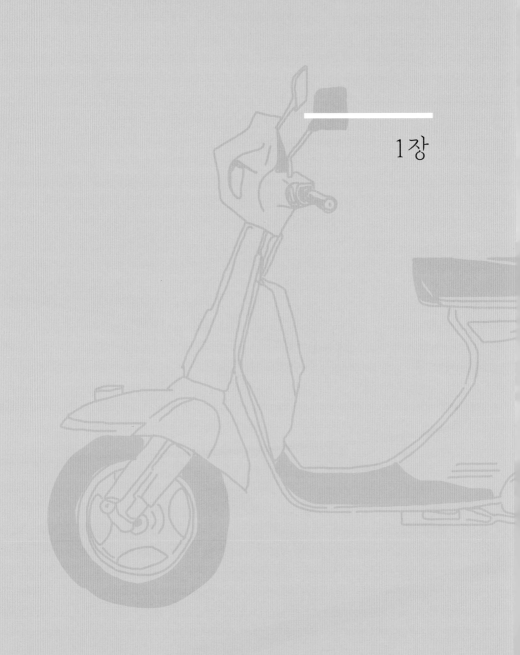

1장

죽기 위해
오토바이를 타다

떠나다

내가 처음 오토바이를 탄 것은 2006년 10월 제주도였다. 계획대로라면 나는 그때쯤 하와이로 신혼여행을 떠났어야 했다. 예비 신부인 나를 하와이가 아닌 제주도로 떠나게 한 것은 예비 신랑의 말 한마디였다.

"자신 없다, 결혼!"

스물세 살 생일파티. 나는 짝사랑하던 오빠를 초대했다. 내게 마음이 없던 그는 친구를 앞세워 자리에 참석했다. 그때 동석했던 친구가 바로 나의 예비 신랑이었다. 내게 첫눈에 반했다는 그와 7년의 연애를 했다. 우리가 함께한 시간 동안 그는 나를 최선으로 아껴주었다.

사귄 지 얼마 되지 않았을 때 엄마는 대장암 판명을 받았다. 대학병원에서 수술을 받던 날, 밤을 새워 간호해주던 사람도 그였다. 큰 수술에도 불구하고 엄마의 암은 췌장으로 전이가 되었고, 2년이라는 시간 동안 우리 가족은 엄마의 병마와 싸워야 했다.

험난한 시간을 든든한 나무처럼 곁에서 묵묵히 지켜주었던 그 사람, 엄마가 돌아가시던 날에 나보다 더 크게 울던 그 사람은 상주복도 마다하지 않고 입었고 사흘 밤낮을 장례식장에 함께 있었다.

그런 그가 결혼이 자신 없다는 고백을 해온 것이다.

'자신이 없다고? 결혼이? 결혼을 자신 있어서 하는 사람이 어디 있어?'

돌아선 그의 마음을 돌려보려고 잡고 흔들고 매달려 보았지만 요지부동이었다.

"그래, 알았어. 관두자."

마지못해 이별을 뱉고 돌아섰지만 나는 자신이 없었다. 하루아침에 천국에서 지옥으로 떨어진 기분이었다. 어떤 일을 해도 예전의 나로 돌아갈 수 없음을 직감했다. 그 사람이 없는 삶은 더는 내 것이 아니었다.

자신의 소중함을 알기 위해서는, 다른 누군가에게 땀의 가치를 내어주는 일이 필요한 거라며 주변에서 해외 봉사를 권하기도 했다. 돌이켜 생각해보니 그때 나는 죽었는지 살았는지도 모른 채 무의미한 삶을 보내고 있었다. 나는 위태로웠다. 나를 죽이기로 결심했고,

순간 영화 '비트'가 떠올랐다. 오토바이를 타다가 두 손을 놓는 마지막 장면.

'그래, 오토바이를 타다가 바다로 뛰어들자!'

그런데 나는 오토바이가 없다. 타본 적도 없다. 죽기 위해서 나는 오토바이를 배워야 한다. 방법을 찾아야 했다. 제주도에서는 1종 소형 면허만 있으면, 렌트샵에서 오토바이를 빌려줄 때에 타는 법도 가르쳐 준다는 정보를 알아냈다. 곧바로 제주도행 비행기를 타고 용두암 근처에 오토바이 샵에 도착했다. 영화 '비트'에서 정우성이 타던 cbr600f를 가리키며 말했다.

"사장님, 저 오토바이요."

사장님이 내 손에 쥔 운전면허증을 내려다보며 물었다.

"오토바이 타 본 적 있어요?"
"아니요."

오토바이 경험이 없는 내게 600cc급 오토바이를 내줄 리 없었다. 50cc 스쿠터를 빌리기로 했고 사장님께 오토바이 타는 법을 배웠다.

"브레이크를 당기면 가고, 잡으면 섭니다."

15분의 속성 과외가 끝난 후 사장님은 잘 다녀오라며 손을 흔들어주었다. 스쿠터를 탄 정우성이라니…….

계획이 좀 틀어지긴 했지만 이제 내가 할 일은 6박 7일 동안 멋지게 뛰어들 절벽을 찾는 것이었다. 해안 도로를 돌며 절벽을 찾아다녔다.

용두암-애월-산방산-서귀포-성산-제주시

생을 마감할 멋있는 절벽을 찾아야 할텐데…….

못하다

마지막일지도 모를 제주도행 비행기를 타던 날, 동생의 출산 소식을 들었다. 이미 죽기로 마음먹었기에 막 태어난 새 생명을 만난다는 것이 죄스럽기도 했고 무엇보다 동생 얼굴을 볼 용기가 나질 않았다. 다시 생각해도 참 매몰찬 언니였다. (이 글을 쓰기 시작하면서 부끄러웠던 언니의 행동을 고백하며 동생에게 사과의 말을 전했다.)

"아이고 남자가 뭐라고 남자 때문에 죽노? 동생이 아 놓는다고 죽니 사니 하고 있는데 진짜 철딱서니 없다."

동생 말이 백번 옳았다. 그때는 왜 알지 못했을까. 조카와 평생 내 제삿밥을 나눠 먹을 뻔했다. 죽고자 떠난 여행에서 어떻게 살아 돌아왔는지 지금은 거짓말처럼 기억이 희미해졌지만 아찔했던 느낌은 아직도 선명하다. 삶이란 놓으려 하는 순간 피어나는 것인가 보다.

오토바이를 빌리고 난 후 제주도에는 쉼 없이 비가 내렸다. 하지만 비 따위는 상관이 없었다. 저배기량의 스쿠터였지만 비옷을 입고 속도를 내어 죽음으로 달려갔다. 제주도의 밤낮 풍경은 생을 마감해버리기엔 너무나도 아름다운 비경들이 많았다.

코너가 나온다. '그래 핸들을 꺾지 않고 직진하면 돼!' 그런데 나는 너무나 자연스럽게 코너를 타고 있다. '다음 코너에서는 아예 손을 놓아 버리자!' 이번엔 몸이 코너를 따라 와인딩을 하고 있었다. 그렇게 표선에서 애월로, 애월에서 산방산으로, 산방산에서 서귀포로 제주도의 반을 무사히 돌았다.

벌써 3일의 시간이 흘러있었다. 오늘도 목표를 이루지 못하고 매일 비만 맞았다. 씻고 싶은 마음에 저녁도 거르면서 한 체크인. 며칠째 내리는 비 때문인지 넓은 유스호스텔에 손님은 나 혼자였다.

샤워를 하고, 침대에 엎드려 용기 없는 한심한 나를 돌아보는데 호스트가 문을 두드렸다. 환불해 줄 테니 짐을 빼 달라고 했다. 당시 제주도에서 열린 한미 FTA로 시위 진압을 위해 전경이 단체로 숙박예약을 했다는 것이다. 내가 나가야 단체를 받을 수 있으니 무례한 요구를 해 온 것이다. 그냥 버텨볼까도 생각했었다가 맘을 바꾸었다. 이렇게 기회가 만들어지는 것인가 보다.

'그래 오늘 밤이구나! 내가 죽어야 되는 날이!'

'목적지는 발이 땅에 닿지 않는 곳이다.'라는 마음으로 다시 비옷을 입고 오토바이에 올랐다. 칠흑 같은 어둠을 달렸다. 오토바이 전

조등도 꺼버렸다. 그렇게 울면서 하염없이 달렸다. 어둠이 익숙해지니 명암이 보였다. 오른쪽 왼쪽 되는대로 핸들을 틀었다. 방향 감각을 잃은 지 오래였다.

오토바이는 제주도의 중산간에 올라와 있었다. 기온은 떨어졌고, 비는 계속 왔고, 달리는 내내 눈물은 멈추지 않았다. 그렇게 한참을 달리다보니 저쪽 바다에 봉우리가 보였다. 거기까지 또 살아서 성산 일출봉을 밟았다.

넓은 성산 일출봉 주차장, 이곳에서도 혼자였다. 이어폰 볼륨을 올리고 성산 오르막을 달리기 시작했다. 뛰어내리기 아름다운 절벽이었다. 귀에 흐르는 음악은 베토벤의 월광 소나타, 날은 밝아오는데 비구름이 하늘을 가렸다. 하늘과 바다의 검은 층, 그 앞에 삶과 죽음의 경계에 선 내가 있었다.

구름은 비를 쏟아 내면서도 그 사이로 나온 별은 바다에 자신을 투영하며 별이 바다 속에서 반짝인다. 출발 신호다. 브레이크를 놓고 뒤로 살짝 물러난다. 그리고 곧 후까시를 넣는다. 월광 소나타의 클라이맥스다. 풀 악셀을 당긴다. 오토바이가 오르막으로 솟구쳤다. 절벽의 끝이다. 핸들 잡은 손을 놓는다.

'부아아아아앙'

'쏴아아아아아아'

모든 게 완벽했다. 하지만 죽지 못했다. 절벽의 끝이었다면 혹 떨어지기라도 했을 텐데…… 현실은 영화 속 마지막 주인공들과는 너무도 달랐다.

비탈길을 내달리다가 오토바이가 돌부리에 걸려 왼쪽으로 넘어졌고 미처 뛰어내리지 못한 왼쪽 다리가 오토바이에 깔렸다. 그리고 몇 분 동안은 더 오토바이에 질질 끌린 채로 미끄러져 내렸다.

돌과 나무뿌리에 옆구리가 다 쓸렸고 찢어진 피부 사이로 빗물이 새어 들었다. 뺨을 타고 내리는 것이 빗물인지 내 눈물인지…… 저 너머에서 누군가의 목소리가 들렸다.

"으이그."

엄마 목소리였다.

"엄마아~"

죽겠다고 이러고 있는 내가 부끄러워 울음을 주체할 수 없었다. 그 찰나의 순간 하늘에 있는 엄마에게 죄스러운 약속을 했다. 그깟 남자 때문에 죽지 않겠다고! 더 멋진 여자가 되어서 나를 놓친 그가 한없이 후회하게 만들 거라고! 그 사람 없이 살 수 없다는 생각을 버리겠다고!

그리고

'삶을 다시 만들어 살아보겠다고!'

다시 살다

첫 오토바이 제파(Zephyr)

제주도에서 돌아와 가장 먼저 세상에 태어난 조카를 만나러 갔다. 유리창 너머로 눈 감고 새근거리고 있는 조카, '철없는 이모라서 미안해.' 조카에게 건넨 첫 인사였다.

다시 찾은 일상, 성산 일출봉에서의 다짐대로 '나'로 살아내기 위해 노력을 했다. 새로운 직장을 구했고, 가족으로부터 독립을 했으며, 대학원에 원서를 넣었고, 여러 모임에 가입을 했다. 엉뚱한 생각들이 비어있는 시간의 틈에 침범하지 않도록 바쁘게 살았다.

그렇게 노력을 해도 어쩔 수 없이 멍해지는 때가 왔다. 바로 출퇴근 시간이었다. 형편에 맞춰 집을 구하다 보니 집과 직장은 버스로 한 시간 정도의 거리였다. 덜컹거리는 버스 안에서 거리의 풍경을 마주하면 다시 멍해졌다. 그 시간이 좀 힘들었다.

출퇴근 버스 대신 택시를 탔다. 택시를 타면 그 안에서 전화 통화를 할 수 있다. 전화번호부의 지인들에게 순차적으로 연락을 해 안부를 물었다. 나의 사정을 아는 지인들은 성심성의껏 전화를 받아주었다.

하루에 한 명씩 통화를 했는데 이제 더는 전화할 사람이 없었다. 그렇다고 연락처 처음부터 다시 시작하려니 '무슨 말을 해야 하나? 내 안부를 또 어떻게 전해야 하나? 가족에게 전화해 볼까? 아니다, 그냥 안 하는 게 낫겠다.' 그렇게 휴대폰을 만지작거리는데 갑자기 가슴이 뛰기 시작했다.

'부아아아앙'

뒤에서 들려오던 소리가 나를 관통하고 지나간다. 심장 박동이 빨라진다. 소리의 진원지를 찾아 뒤쫓는다. 나를 향해 달려오는 오토바이에 시선을 빼앗겼다. 어떻게 저렇게 빨리 달릴 수 있지? 우주 속 블랙홀처럼 오토바이는 소리와 함께 사라졌다.

잊고 있던 기억이 떠올랐다. 찰과상만 입고 살아 돌아온 여행. 인생의 무게가 1그램도 없을 때 만난 제주도에서 탔던 50cc 스쿠터. 그가 나를 어디든 데려다주었고, 달리면서 느꼈던 코끝의 바람과 향기. 오른쪽 왼쪽 코너의 깊이만큼 몸을 눕히던 내 몸의 감각들이 기억 저편에서 살아났다.

'왜 오토바이 탈 생각을 안 했지?'

　직장 옆에 오토바이센터가 있었다. 대한오토바이. 사장님이 레이
싱 선수였는지 정비실에는 슈트와 트랙에서 와인딩 하는 사진이 걸
려 있었다. 센터 앞에 전시되어 있던 오토바이 때문에 출근 첫날부
터 그곳을 기웃거렸다.

　중학교 시절 친구들 모두 홍콩 영화 주윤발, 장국영에게 빠져 있
을 때 나는 '로마의 휴일'을 되돌려 보았다. 주인공 앤 공주가 썸 타
던 기자에게 오토바이를 배우던 장면이 제일 재미있었다.

영화의 세 번째 주인공이 오토바이라고 생각했다. 서로에 대한 감정을 확실히 매듭 짓는 메타포의 역할을 하기도 했지만, 특히나 그 디자인이 마음에 쏙 들었다. 클래식하고 귀여워서 한동안 마음에서 놓지 못했다. 그런데 그 사랑의 메타포가 대한오토바이센터 앞에 전시되어 있던 것이다.

출근 전 한참을 들여다보고 간 어느 날, 온종일 일이 손에 잡히지 않았다. 그날 그 메타포를 잡기 위해 대한오토바이로 퇴근길을 재촉했다.

"저건 파는 바이크가 아닌데요!"

예상하지 못한 답이 돌아왔다. '로마의 휴일'에 나오는 오토바이는 이탈리아 스쿠터 '베스파'이며 센터 앞의 오토바이는 효성에서 이를 벤치마킹해서 만든 '제파(Zephyr)'라는 모델이라는 것. 82년부터 생산한 최초의 국산 스쿠터 제파는 몇 번의 디자인 변경으로 클래식한 멋이 줄었고, 게다가 지금은 판매종료가 되어 귀한 매물이 되었다고. 사장님의 장황한 설명의 끝은, 센터 앞 제파는 팔 마음이 없다는 것이다.

그럼에도 불구하고 시선을 버리지 못하는 내 눈빛을 읽으셨는지 사장님은 베스파를 살 수 있는 곳의 연락처를 건네주셨다. 당시 내가 있던 부산에는 베스파가 한 대도 없었고, 건네받은 주소는 서울이었다.

서울까지 오토바이를 사러 갈 여유는 없었고, 혹시나 중고 매물이 들어올까 싶어 시간이 날 때마다 대한오토바이에 출근도장을 찍었다. 자연스럽게 사장님과 친분이 쌓였다. 사장님의 성함을 알게 되었고, 두 아이의 아빠라는 것, 그리고 레이싱 선수를 꿈꾸던 라이더라는 것도 알게 되었다.

오토바이에 흥미를 가지고 있는 나에게 사장님은 꼭 '베스파'여야만 하냐며 반문해왔다. 내 마음에 베스파가 콕 박혀 있어서 여러 오토바이를 보여주시는 사장님의 대안에 답하지 못하였다. 몇 달이 지난 어느 날 사장님은 마지못해 특단의 조치를 내려주셨다.

"내 오토바이 살래요?"

베스파 중고매물을 기다려봐야 기약이 없고, 서울에서 사온다 한들 고칠 수 있는 곳이 없어서 수리도 서울로 다시 보내야 한다는 것이다. 입문용으로 제파를 타다가 베스파가 부산에서 흔한 바이크가 되면 그때 제파를 팔고 부산에서 사면되지 않겠냐는 현실적 제안에 나는 솔깃해졌다. 베스파를 타려면 10년 이상의 시간이 걸릴 수 있다기에.

첫 오토바이 제파를 입양했다. 솔직히 사장님도 아껴 탔기 때문에 킬로수가 얼마 안 되었고, 또 정비를 얼마나 깔끔하게 하셨는지 손댈 곳이 없었다. 연식이 된 모델이라 접지 부분만 점검한 후 집 앞까지 용달로 안전하게 실어다 주셨다.

아파트 주차장에서 사장님의 오토바이 레슨이 있었다. 제파는

100cc 스쿠터다. 2기통이라 힘이 세고 스타트 버튼과 퀵 시동도 가능하다. 하지만 내가 발로 밟아서 시동을 걸 일은 없을 것 같았다. 앞으로 가는 거야 오른쪽 스로틀을 당기면 되고, 기어가 없는 모델이랑 자전거와 똑같이 앞뒤 브레이크를 잡으면 서는 간단한 진행 방식을 가지고 있었다.

'이제 누군가의 목소리에 기대지 않아도 돼. 즐거운 출퇴근 시간이 될 수 있을 거야…….'

비행기를 타면 높은 곳에서 아래를 내려다보는 맛이 있고, 자동차를 타면 시시각각으로 변하는 창밖을 바라보는 재미가 있다. 두 발로 걸으면 느리지만 자세히 볼 수 있다.

이 세 가지의 교통수단은 안전하고 편리하지만 나를 곧 멍하게 만드는 단점이 있다. 끊임없이 밀려드는 생각에 둘러싸여 어디를 지나고 있는 건지 내려야 할 정거장에서 못 내리거나 길을 잃을 때가 많았다.

오토바이를 타면서 내가 느낀 매력은 정신을 똑바로 차리고 지금 이 순간에 집중해야 한다는 것이다. 오토바이는 자전거의 균형에 자동차의 엔진이 더해진 '탈 것'이다.

빠르고 신속하다는 장점을 가졌지만 한눈을 팔면 엄청난 사고로 이어진다. 빨리 달리는 오토바이는 시속 200km를 넘긴다. 매 순간 집중하지 않으면 초 사이에 어떤 일이 생길지 모른다.

제파의 최고 속도는 80km/h 입문자인 나의 속도에 딱 알맞았다. 바람을 가르며 달리는 순간이 너무 좋았다. 특히 좋아한 라이딩 코스는 부산 다대포 해수욕장에서 낙동강 하구둑으로 이어진 산업도로였다. 바다와 민물이 교차하는 구간이라 넓은 시야가 확보될 뿐 아니라 바람의 방향에 따라 짠내와 민물의 풀 냄새가 번갈아 났다.

일몰 시간이 되면 바다에 붉은빛이 내려앉는다. 시야의 끝까지 펼쳐진 바다와 모래사장 위로 푸른 하늘이 붉은빛으로 물들기 시작한다. 해가 떨어지는 시간 30분, 이 시간의 라이딩을 지금도 깊이 사랑하고 있다. 제파를 타고 세상을 달리는 순간은 오로지 나에게만 집중할 수 있는 시간이었다.

제파는 나를 산으로, 바다로, 그리고 어김없이 좋은 사람에게로 안내했다. 제파와 함께 내 삶도 균형을 잡아갔다. 조카는 그때 유치원에 다니기 시작했다.

2장

베스파 (Vespa),
너는 자유

베스파 오너가 되다

 십 년의 시간이 훌쩍 흘러 결혼을 하게 되었고, 파주에서 터를 내렸다. 남편의 전폭적인 지지로 드디어 베스파의 오너가 되었다. 내 이름은 '청담동 남여사'. 하고 싶은 거 다 하고 살라는 남편의 또 다른 무언의 지지성명이었다. 베스파의 주인이 되고 '로마의 휴일'의 앤 공주가 되어 오천, 오만 가지의 일상을 즐겼다.

 베스파가 준 위력은 대단했다. 우리 집은 문산에서도 한참을 들어와야 하는 한적한 시골마을이었다. 버스 간격이 일정하지 않았고, 택시도 오기를 꺼리는 외진 곳이었다. 베스파는 나에게 교통의 편리함과 산, 들, 강, 바다 어디든 바람처럼 달릴 수 있는 자유도 함께 가져다주었다.

 'VESPA LX125 IE'

이탈리아어로 '말벌'이란 뜻을 가진 베스파를 처음 만난 건, '로마의 휴일'을 보던 중학생 때보다 더 거슬러 올라간다. 매주 일요일 아침, 눈 비비고 일어나 보던 '들장미 소녀 캔디'에서 스테아가 타고 다니는 'VESPA 150 side car'가 어느 꼬마 소녀의 눈을 멀게 했다. 아마도 그때부터였던 것 같다. 오토바이를 탈 수밖에 없는 운명으로 이끌렸던 때가……

베스파의 자태보다도 더 마음을 빼앗긴 것은 베스파가 가진 '자유'라는 아이콘이었다. '로마의 휴일' 속 규율에서 도망쳐 나온 '앤' 공주의 모습이 그러했고, '들장미 소녀 캔디'에서 영국 귀족 가문에서 일탈을 꿈꾸는 '스테아'의 모습이 그러하였다. 베스파를 가진 자 모두가 자유를 갈망하는 나와 너무 닮아 있었다.

언젠가 베스파를 타고, 그날처럼 월광 소나타의 볼륨을 최고조로 올리고 성산 일출봉, 그 절벽에 다시 서보기를 꿈꾸며 전국 각지를 돌아다녔다. 다시 그날이 온다면, 이제는 낯설지 않은 그곳에서 어떤 낯익은 자가 나의 손을 잡아줄까. 어떤 나를 발견하고 또 어떤 다짐과 어떤 꿈으로 설레게 될까.

베스파 부산 투어 2016

   베스파 투어를 기획했다. 함께 타는 베스피노 진우와 기석이 함께 하기로 했다. 진우는 고양에서 스프린트 125cc를, 기석이는 300gts를 탄다. 여행 경험이 많은 진우가 팀 리더가 되어 여행 일정을 짰다.

   2016년 6월 26일 부터 7월 1일까지 전국투어를 계획했지만 각자의 시간과 오토바이의 성능이 달라 일정이 조금 변경되었다. 부산까지는 함께 달리고 기석은 고양으로 컴백, 진우는 제주도로 들어갔다가 서해안을 타고 컴백 그리고 나는 부산에서 서핑을 하고 컴백하는 일정을 세웠다.

   처음 떠나는 투어라 준비할 것이 많았다. 두 멤버가 내게 입을 모아 말하던 필수 아이템이 있었다. 그것은 바로 '세나'였다. 세나는 모터사이클용 블루투스 헤드셋으로 휴대전화와 연결하여 핸즈프리 통화나 스테레오 음악 감상을 할 수 있으며, GPS 내비게이션과 연결하여 음성 안내를 들을 수도 있다.

무엇보다 함께 달리는 라이더들과 인터콤 연결을 통해 양방향으로 대화를 할 수 있어 세나를 헬멧에 부착하자 새로운 세상이 열렸다. 이전까지는 수신호를 통한 의사전달로 소통의 불규칙함이 있었다면, 세나를 알게 된 후 실시간 대화가 가능해지자 달리는 동안 정확한 소통으로 라이더들의 도로 상황을 알게 되어 보다 안전하고 즐거운 라이딩을 즐길 수 있었다. 또한 뮤직비디오 주인공이 되어 음악에 따라 흐르는 풍경도 달라 보였다.

전국투어를 위해 따로 준비한 중요한 것은 바로 체력이다. 일주일간 하루 8시간 이상은 오토바이 운전을 해야 하기 때문에 근력을 키워야 한다. 투어 3개월 전부터 체육관을 다니기 시작했다. 크로스핏을 통해 극강의 지구력을 키웠고, 내 여행 일정을 들은 관장님은 주짓수를 추천했다. 오토바이와 주짓수가 무슨 상관관계가 있는지 모르겠지만, 전문가의 추천이라 믿고 따르기로 했다. 지금 생각해보면 아마도 넘어질 때를 대비한 순간 판단력과 좀 더 안전하게 떨어지는 낙법 능력을 위한 게 아닌가 싶다.

6월 26일 투어 첫날, 운정 이마트에서 집결했다. 영화 '세상에서 가장 빠른 인디언'의 버트 먼로처럼 다른 베스피노들의 호의를 받으며 떠나기로 계획이 되어 있었다. 처음 떠나는 투어라 긴장되고 설레었다. 끝까지 안전하게 돌아오기를 기도하며 첫 출발지 강릉으로 향했다.

26일	운정 이마트 집결→양만장→용문산 농장쌈밥→강릉 교동 짬뽕→보헤미안 박이추→강릉 안프로게스트하우스
27일	10시 출 →7번 국도 (맘에 드는 곳에서 수영)→울진 맛집→경주 청춘 게스트하우스→바베큐 파티→경주 야간 라이딩
28일	10시 출→부산 도착→송정 (서핑)
29일	부산 베스파클럽 벳부 조인 부산 야간 라이딩
30일	김해 장유 기석 고양으로 컴백 진우 목포 출
31일	통영 남해의 봄날 방문
7월 1일	베스파 파주로 탁송

베스파 투어 첫날. 내딛는 발걸음 하나하나가 설렌다.

첫 도착지 '양만장'. 라이더들에게 '양만장'이란 '양평 만남의 광장'으로 통한다. 강원도로 넘어가기 위해 모이는 양만장은 커피 한 잔 마시면서 동료를 기다리다 주유를 하고 떠나는 곳이다. 이 코스의 가장 좋은 곳은 남양주부터 시작되는 오른편 코스이다. 처음 보는 광경에 입이 떡 벌어졌다.

양만장에 도착해 주유를 하고 커피 한 잔 마시고 곧 다시 출발. 리더인 진우가 우리 속도로는 일정대로 움직이기 힘들다며 속도를 올린다. 진우가 프론트, 다음에 나 그리고 기석이가 제일 뒤에서 달렸다. 이제 와 생각해보니 300cc로 달릴 수 있는 기석이는 우리와 함께 달리느라 많이 힘들었을 것 같다. 빨리 달리는 것보다 느리게 달리는 것이 더 힘든 게 오토바이다.

용문산이 라이더들에게 이렇게 유명한 산인지 몰랐다. 산이 높아 올라가는 길의 코스가 급격하다. 이 코스를 타기 위해 대한민국 곳곳의 라이더들이 모이는데, 몇몇 위험한 코스도 있다.

맛집을 꿰고 있는 진우가 추천한 첫 끼 농장쌈밥, 그 맛을 아직도 난 잊을 수가 없다. 땀을 많이 흘려 탈진하기도 했거니와 밤잠을 설치고 긴장한 탓도 있었다. 하지만 호사스러운 점심을 제대로 느낄 새도 없이 우리는 서둘러 강릉으로 떠날 채비를 했다.

강릉 입성을 위해서 먼저 대관령을 넘어야 한다. 오늘 코스 중 가장 힘들면서도 동시에 가장 재미있는 곳이 이곳이 될 거라고 했다. 대관령의 경사도는 체감 45도. 스로틀을 쥐어짜서 최대 속도를 내어도 20km/h는 되지 않을 것 같은 속도였다. 리터급 형들이 쏭쏭 우리를 비껴 앞질러 갔고 급기야 대관령을 달리기하는 마라토너와 같아 보였다.

양떼목장에 들를 예정이었지만 출발일이었던 월요일은 대부분의 관광지가 쉬는 날이었다. 양떼목장도 휴일이었다. 서운함을 뒤로하고 다시 대관령 꼭대기로 올랐다. 산 아래로 내려다보이는 풍경에 먹먹해 오는 귀의 이물감. '아~ 여기가 정상이구나.' 정상에서의 기쁨도 잠시, 우리는 다시 내려와야 했다.

강릉은 역시 교동 짬뽕, 서둘러야 했다. 강릉으로 내려오는 코스는 환상 그 자체였다. 코너를 탄다는 말이 이런 말인가? 좌우 그리고 눕히는 각도가 매치 보드를 타고 내려가는 기분이었다.

강릉 교동짬뽕 원조집에 드디어 도착했다. 이런…… 또…… 쉬는 날이다. 짬뽕으로 기대감이 한층 높았던 우리는 가까운 짬뽕집에 들어가 저녁을 해결했다. 그리고 맥주 한 캔씩 사서 게스트하우스로 향했다.

우리가 묵었던 곳은 강릉 해변에 위치한 안프로게스트하우스다. 지인이 추천한 게스트하우스인데 외할머니가 된장찌개를 끓이고 있을 것 같은 외관과 거실의 넓은 통창 너머로 동해의 일출을 볼 수 있고, 뒤로 돌아가면 골방 같은 서가에서 책을 읽을 수도 있다.

호스트가 농부이자 어부 그리고 영화 일을 하고 있어서인지 집안 소품이 영화 세트장이라고 느껴질 만큼 엔틱하고 고급스러운 분위기가 흘렀다. 그리고 이 집의 마지막 살아있는 하이라이트는 두 마리의 고양이였다. 첫날 여행을 마무리하기에 더할 나위 없이 좋은 장소였다.

우리의 입실을 확인한 호스트는 내일 아침 퇴실 때 자신이 없을 거라며 아침은 알아서 해결하라고 했다. 주방에는 커피와 라면이 있었다. 어느 집이나 부엌이란 공간은 그 주인과 닮아 있다. 그곳의 부엌이 오랫동안 잊히지 않았다.

저녁에 술 한잔 안 하시냐며 그날 아침 바다에서 잡은 소라를 삶아 주셨는데 정말 권주가를 부르기에 충분한 맛이었다. 모든 것이 완벽했다. 갑자기 내일이 오지 않았으면 좋겠다고 떠났던 제주도가 생각났다. 그렇게 하루가 저물었다.

아침에 일어나 보니 기석은 벌써 일출을 보고 와 자신이 찍은 사진으로 황홀경을 선사해 주었다. 사진으로 전해지는 태양의 붉은

빛, 오늘 여정도 그것을 닮아 찬란하게 이어지기를 빌며 짐을 꾸렸다. 처음 출발하는 국토 종주라 이것도 저것도 필요하지 않을까 싶어서 부지런히 챙겨 넣었던 짐들. 첫날의 짐이 주는 짐스러움이 둘째 날 큰 도움이 되었다.

장거리에서의 짐은 메는 것이 아니라는 것을 뼈저리게 느꼈다. 그때까지만 해도 괜찮았던 허리가 부산 도착할 때쯤엔 무리가 되었다. 스쿠터 위에서 요동치는 가방을 꽉 잡아 주기 위한 줄은 탄력이 있고 간단하게 묶이는 것이 최고라는 것도 알게 되었다. 여행하면서 다음 여행을 계획하는 여유도 갖게 되었다.

둘째 날의 코스는 강릉에서 경주까지 동해안을 따라 7번 국도를 내달리는 코스다.

오토바이는 고속도로를 탈 수 없어 국도로 달려야 한다. 바다와 맞닿은 도로를 달리다 보니 강릉에서 부산으로 향하는 하행 코스보다 부산에서 강릉으로 향하는 상행 코스가 더 좋을 것 같다는 생각이 들었다. 상행 코스에서 바다와 더 가깝게 달릴 수 있기 때문이다.

바다 냄새를 맡으며 하루종일 7번 국도와 가까운 지방도를 달렸다. 289km, 오늘도 역시 부족한 속도로 달리다 보니 일몰을 선사받은 곳은 울진이었다. 아직 가야 할 길이 한참 더 남았다.

같은 자세로 달리다 보니 허리도 아프고 집중력도 흐려지는 것 같아서 휴게소에 잠시 들러 낮잠을 자기로 했다. 베스파는 안장이 넓어서 등을 대고 눕고 다리를 핸들 쪽에 올릴 수가 있다. 보기만 해도 불편한 이 자세로 달려온 피로도만큼 우리 모두 꿀잠을 잤다.

끼니는 국도변의 기사식당을 이용했다. 맛집을 찾아다닐 시간 여

유가 없었다. 달리다가 배고프면 공복을 느낄 새도 없이 아무 식당에나 들어가 밥 한 공기 뚝딱 비우고 식당에서 제공하는 믹스커피를 후루룩 마신 후 바로 출발해야만 했다. 원래는 울진에서 대게를 먹을 계획이었지만 그런 여유는 이미 포기한 지 오래였다.

길에서 정체하면 몸이 더 나른해지기에, 다시 스로틀을 당겨야만 했다. 늦은 시간, 경주의 게스트하우스에 도착했다. 우리가 묵었던 청춘게스트하우스는 여관을 개조한 것 같았다. 1층은 넓은 식당이고 2층과 3층에 많은 객실이 있었다. 깨끗하게 관리되어 있는 것 같았다.

저녁 늦게 도착한 우리에게 호스트는 야시장 위치를 안내해주었다. 계획대로라면 그날 밤 우리는 바비큐 파티를 해야 했는데 이곳은 바비큐 파티를 할 수 없는 곳이었다. 초창기에 너나없이 바비큐 파티를 했는데 게스트들이 술에 취해서 아름다운 여정을 즐기지 못하는 것 같다는 판단 하에 바비큐를 금지하기로 했다는 것이다.

호스트가 추천한 경주 야시장으로 발걸음을 옮겼다. 평일이지만 '관광지의 밤'답게 노점과 관광객이 적당히 어울려 있었다. 푸드트럭에서 야식과 막걸리 한잔을 걸친 후 숙소로 돌아왔다. 진우와 기석은 한참 깊은 대화를 나누는 듯했다. 막 군대를 제대한 기석과 자기 가게를 운영하는 진우의 밤은 오랫동안 꺼지지 않을 거 같아 먼저 잠자리에 들었다.

부산에 입성하는 셋째 날, 경주에서 오전에 출발하면 오후에는 송정에 도착할 듯하여, 우리는 송정에서 서핑을 배우기로 했다. 시간 여유가 있어서 경주 떡갈비를 먹기 위해 맛집으로 향했다. 이런…… 또 수요일 휴무. 이번 여행에서 맛집 탐방은 대부분 휴무일에 걸려 실패했다. 역시 맛집의 중요한 조건은 배고픔인건가. 7번 국도변 기사 식당 청국장이 몇 년이 지난 지금도 기억이 난다.

송정에 12시쯤 도착 후, 서핑 수업이 시작되었다. 역시 바다에 오면 입수가 진리이다. 나, 진우, 기석 모두 처음 배우는 서핑이었다. 즐겁게 서핑을 즐기던 중 기석이 갑자기 소리를 질렀다. 다리에 쥐가 났나? 돌아보니 목에 걸고 있던 아이폰이 바다로 퐁당 빠져버렸다. 급하게 잠수해 이리저리 찾아보았지만 가라앉은 아이폰은 보이지 않는다. 전화를 해도 벨소리가 들릴 리 만무했다.

사무실 로비로 가서 이야기를 했더니 '하루에 한 명씩은 폰을 빠뜨리는데 오늘은 너로구나.'라는 표정으로 우리를 쳐다보는 것 같았다. 기석의 기분이 급 다운되었다. 지난 주 새로 산 35개월 할부가 아직 남은 핸드폰. 그냥 분실도 아니고 입수라니……. 찾을 수 없는 절망감과 함께 기석의 상심이 깊어졌다.

"누나, 아빠랑 통화가 안 되면 걱정 많이 하실 거예요. 연락은 해야 하는데 제 입으로 말하기 너무 두려워요. 누나가 이야기 좀 해주면 안 될까요?"

기석이가 어렵게 부탁의 말을 꺼냈다. SNS를 통해 기석이 아버지께서 얼마나 터프하신 분인지는 조금 알고 있었다. 혓바닥에 피어싱을 한 기석에게 "고추에도 하지 그랬냐?"라는 댓글이 머릿속을 스쳐 지나갔다.

최대한 공손하게 아버님에게 전화를 걸었다. 조신하고 조심스럽게 본론을 말씀드리는데 기석이 아버님은 "괜찮아요. 지 휴대폰 지 할부로 나가는데. 뭐……."라고 화통한 웃음으로 화답해 주셨다. 기석의 휴대폰을 다시 사기 위해 서핑 수업을 끝내고 내 고향 부산을 향해 이동했다.

베스파를 타고 달리는 고향의 밤바다. 신이 났다. 제파를 타고 즐겨 다녔던 고향의 밤길을 그 때 꿈의 오토바이 베스파를 타고 다시 찾아온 기분은 말할 수 없이 좋았다.

해운대, 광안리를 거쳐 경성대 뒷산에 올랐다. 세월이 흐른 만큼 밤 풍경의 모습도 사뭇 달랐다. 부산에 살 때에는 이 풍경을 왜 애써 찾지 않았을까? 바람에 실려 오는 밤바다의 냄새를 맡으며 부산에 와 있는 것을 새삼 실감할 수 있었다.

이후 부산 벗들과의 만남이 약속되어 있었다. '베스파 우정 라이프 영원하라'는 구호처럼 우정의 작은 선물로 우리 집 게스트하우스 숙박권을 건네주었다. 그 후 벗의 리더와 몇몇의 친구들과 오랫동안 우정을 나누며 벗크루 멤버 중 두 명이 파주까지 베스파를 끌고 올라와 주었다.

넷째 날, 각자 흩어져 부산 자유투어를 하기로 했다. 군 생활을 부산에서 했던 진우는 예전 군부대를 가보겠다며 서면으로 향했고, 기석이는 바다를 좀 더 감상하겠다며 용호동으로 향했다. 난 전날 급하게 접은 서핑을 더 맛보기 위해 서프홀릭으로 발걸음을 돌렸다.

저녁에 다시 만나서 광안리에서 회 한 접시 먹기로 했는데 각자의 일정이 길어지기도 했고, 앞으로 스케줄을 위해 아쉽게도 우리가 함께한 일정은 여기서 끝이 났다.

기석은 경기도 고양으로 달렸고, 진우는 목포로 달렸다. 기석의 베스파는 300cc여서 금방 도착할 수 있을 거라 생각했지만 398km는 한두 시간에 갈 수 있는 거리가 아니다.

서핑의 고단함으로 내가 곯아 떨어져 있는 동안 기석은 울면서 스쿠터를 몰았다고 했다. 잠이 너무 와서 눈을 감기지 않게 하기 위해 차라리 울어 버렸다고 했다. 진우도 어두운 국도를 헤치고 목포에 도착. 밤새 바다를 건너 제주도에 안전하게 도착했노라 연락이 왔다. 지금 생각해도 참으로 감사한 진우와 기석이다.

다섯째 날, 비가 내렸다. 예정대로라면 통영에 있는 '남해의 봄날'이라는 책방에 갈 계획이었다. 하지만 비를 뚫고 통영에 갈 엄두가 나지 않았다. 이틀을 강행한 서핑 때문인지, 굳어 버린 베스파 자세 때문인지 근육에 무리가 왔다. 처음 계획은 부산까지 오토바이 투어를 한 후에 베스파를 탁송하려 했지만 내려오면서 욕심이 생겨 통영을 혼자 감행하려 했었다.

하지만 이런 몸 상태로 비를 헤치며 오토바이를 계속 몰 수는 없었다. 내일 돌아갈 방법을 찾아야 했다. 용달차를 검색한 후 예약을 걸어놓고 내가 탈 비행기 표를 끊었다. 무리한 서핑으로 몸을 움직일 때마다 근육의 아우성은 며칠간 계속됐지만 첫 오토바이 투어는 나의 속도를 배려해준 진우와 기석이 덕분에 완벽한 성공이었다.

여섯째 날 아침 일곱 시, 비행기 시간이 다가오는데 화물차 아저씨가 오지 않는다. 비행기를 놓칠 위기였다. 그때 오랫동안 잊고 있었던 제파의 원주인인 대한오토바이 사장님이 떠올랐다. 사장님은 여전히 센터를 운영 중이셨고 오래전 부산에서 구미로 제파를 탁송 보냈던 화물센터의 이전된 위치를 자세히 알려 주셨다. 가만히 기다리면 지하주차장으로 화물차가 와서 안전하게 베스파를 탁송 보낼 수 있지만, 비행기를 놓칠 위기여서 베스파를 끌고 화물센터까지 이동하기로 마음먹었다.

사장님께서 알려준 화물센터로 비옷을 입고 출발, 내리는 비에 시야가 가려져서 앞이 잘 보이지 않는다. 그렇게 건너가야 하는 낙동강하구둑, 1톤 트럭을 비롯해 컨테이너 및 대형 트럭들이 달리는 6차선 도로였다. 그 길을 비옷을 입고 작은 베스파가 달렸다.

대한오토바이와 제파와 베스파, 달리는 동안 나의 첫 오토바이 제파가 탁송되어 오는 날이 떠올라 기분이 묘했다. 달리는 비를 맞으며 시야가 보이지 않는 위험한 상황에서도 그날의 기억을 떠올리며 그렇게 부산에서의 첫 투어가 끝이 났다.

파주 우리 집으로 무사 귀환. 여행을 마친 베스파는 다음 날 찾으러 가기로 했다. 첫 오토바이 투어를 무사히 마친 내가 대견했고, 꿈의 바이크 베스파와 함께라서 더욱 값진 첫 경험이었다. 제파로 달래며 기다리던 드림바이크 베스파와 고향의 그 길을 다시 달려 본 것만으로도 너무나 만족스러웠다.

투어 하나를 마치니 다른 욕망의 씨앗 하나가 가슴에 싹을 틔운다. 부산으로의 여행은 '반국투어'이고 혼자가 아니라 다른 일행과 함께였지만 다음 투어는 혼자 힘으로 전국투어를 마치고 싶었다. 맥주와 책을 좋아하니 전국의 브루어리나 북스테이가 가능한 곳을 거점으로 잡고 오토바이로 빠르게 이동하고 그곳에서 로컬의 정서를 제대로 느껴보는 여행을 하기로 마음먹었다.

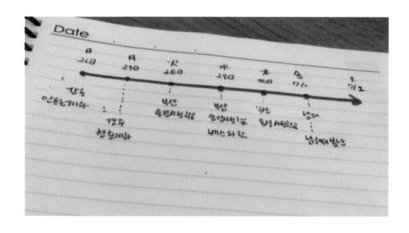

2종 소형 면허 취득기

꽃경민 씨의 도발

그 무렵 나는 파주에서 게스트하우스 '쉼표'를 운영하고 있었다. 자신을 꽃경민이라고 소개한 게스트가 방문했다. 그 역시 라이더여서 우리는 오토바이 이야기로 금세 친해졌다.

그는 친구들과 함께 다음 주에 전국투어를 간다며 일정표를 보여주었다. 경기도에서 출발해서 부산, 남해, 목포, 제주도 그리고 서해안을 따라 올라오는 7박 8일의 스케줄이었다. 베스파로 부산을 다녀온 뒤라 그의 일정이 부러웠다.

그리고 며칠 후 꽃경민 씨에게서 연락이 왔다. 의정부에서 할리데이비슨 바이크를 빌려 일주를 시작했고, 지금 남해에 있으며 오전에 면허시험장에서 2종 소형 면허를 취득했다는 것이다. 출발 전 미들급 바이크를 타면서 이륜자동차 면허가 없었던 것이 찜찜했는데, 정작 타보니 이 정도면 시험에서 붙을 수 있겠다는 자신감이 생겼다고 한다. 연락을 한 이유는 시험이 생각보다 쉬우니 한번 도전해 보라는 것이었다.

오토바이를 타기 위해서 운전면허는 필수다. 배기량에 따라 차이가 있지만 자동차 운전면허인 1종 보통, 2종 보통 운전면허 소지자는 125cc 이하의 이륜자동차 운전이 가능하다. 2종 보통 운전면허 소지자는 자동 변속기 조건의 원동기만 운전할 수 있다. 즉, 스쿠터만 가능하다.

다행히 나는 1종 보통 운전면허를 가지고 있어서 125cc 스쿠터 베스파를 모는 데 아무 지장이 없었고 베스파의 시속 80km에 만족하고 있어서 더 빠른 속도에 대한 욕심은 없었다. 그런데 그렇게 따기 쉬운 국가 자격증이라고 하니 도전해 보고 싶었다.

운전면허학원 vs 국가 운전면허시험장

파주에서 함께 베스파 크루로 활동하는 대훈이가 한 달 전 2종 소형을 땄다고 했다. 운전면허시험장에 가자니 합격률이 낮고 학원을 가자니 시간과 돈이 드는 일이었다. 125cc 매뉴얼(수동 변속) 바이크를 타고 있었다면 곧장 시험장에 가서 한 번에 합격에 도전했을 테지만, 나는 이때까지만 해도 스쿠터와 매뉴얼 바이크의 차이점을 모르는 오토바이의 문외한이었다.

운전면허시험장에서는 경험이 많은 라이더들도 십중팔구는 시작과 동시에 탈락의 고배를 마신다는 풍문도 들었다. 쉬울 거라는 예상과 달리 주위의 반응은 생각보다 어렵고 까다롭다는 반응이었다.

결국 나는 학원을 통해 면허를 취득하기로 했다. 10시간이라는 교육 시간 동안 반복해서 훈련할 수 있고, 마지막 시험 날에는 그동안 탔던 익숙한 오토바이로 시험을 칠 수 있다는 장점이 있었다. 시간과 돈이 든다는 단점이 있지만 확실하게 면허를 딸 수 있다면 운전면허시험장보다 학원이 더 낫겠다는 생각이 들어 대훈이가 추천한 헤이리 자동차운전학원으로 향했다.

10시간의 장내 주행과 3시간의 학과 수업

학원은 집에서 차로 20분 정도 거리였다. 2종 소형 시험을 위해 왔다고 하니 친절한 설명이 이어졌다. 자동차 면허가 있느냐 없느냐에 따라 수강 내용과 비용이 다르고, 1종 보통 면허 소지자인 나는 10시간 장내 주행과 3시간의 학과수업을 마치면 학원에서 타던 바이크로 시험을 치고 2종 소형 면허를 취득할 수 있다고 했다. 하루 두 시간씩 월, 화, 수, 목, 금, 5일 동안 장내 주행을 하고 수요일 3시간 학과 수업을 들은 후 토요일에 시험을 치는 일정으로 시간표를 짰다.

월요일 아침 첫 시간 혼다 cbr 125, 250, 300cc 매뉴얼 바이크를 앞에 두고 교관님을 만났다. 안내에 따라 바이크 세 대 중 발 착지성이 제일 좋은 125cc로 골랐다. 나 외에도 세 명의 훈련생이 더 있었는데 다들 매뉴얼 바이크 경험이 있는 남자였다.

교관은 우리에게 매뉴얼 바이크 경험이 있는지를 물어 왔다. 다들 오토바이 타는 게 어느 정도 자신 있는 듯 보였다. 안전 교육과 이론 교육 후 실습을 진행했다. 2종 소형 면허는 네 가지 코스로 이루어진다.

①굴절코스, ②곡선코스, ③좁은길코스, ④연속진로전환코스. 네 가지 코스를 90점 이상으로 통과하면 합격이 된다. 교관이 오토바이를 주행하면서 코스별 주의 사항을 안내해 주었다. 훈련생인 우리들은 오토바이를 따라가며 설명을 들었다.

설명이 끝난 후 한 명씩 교관님이 알려준 주의사항을 기억하며 코스를 돌아보았다. 다들 오토바이를 타던 분들이라 그런지 어려움 없이 모두 패스, 연습주행이지만 "합격입니다. 축하드립니다."라는 멘트가 스피커에서 흘러나왔다. 이제 남은 것은 반복 훈련 그리고 토요일 시험만 치르면 전원 합격할 것 같았다. 나 역시도 처음 코스를 돌 때는 긴장이 되었는데 반복 훈련을 하다 보니 자신감이 붙었다.

시험 당일

나를 포함해서 다섯 명이 시험을 쳤다. 내 차례는 두 번째였다. 긴장된 분위기에서 첫 번째 훈련생의 시험이 시작되있다. 어찌된 일인지 고등학교 때부터 오토바이를 탔다며 스스로를 자신 있게 소개한 1번 훈련생은, 굴절코스에서 선을 밟고 이탈하더니 S자 코스에서 시동을 꺼트렸다. 연이은 감점으로 방송에서는 불합격이라는 안내 방송이 나왔다. 훈련생 중 제일 먼저 시험을 쳐서 긴장해서 그랬던 걸까?

그 다음 내 차례가 왔다. 며칠 전 넘어진 기억 그리고 잘 타던 친구가 앞에서 불합격하니 더욱 긴장이 되었다. 심호흡 후 코스 진입, 연습했던 대로 천천히 진행했다.

"합격입니다. 축하드립니다."

안내 멘트가 나왔다. 일주일간 뜨거운 태양 아래에서 고생했던 시간에 대한 보상을 받은 듯 너무나 기뻤다. 그런데 마냥 기쁘기만 한 것은 아니었다. 두려움이 밀려왔다. 만약에 내가 125cc의 매뉴얼 바이크를 탄다면 베스파 만큼 능숙하게 탈 수 있을까? 1단, 2단, 3단, 속도에 맞춰서 기어를 넣고 뺄 수 있을까? 급브레이크를 잡아야할 때는 엔진 브레이크를 사용해서 속도를 줄일 수 있을까?

자신이 없었다. 한 번도 경험해 보지 못한 영역이었다. 2종 소형 면허를 취득했지만, 매뉴얼 바이크에 대한 두려움이 함께 생겼다. 이대로 매뉴얼 바이크를 끌고 도로에 나가면 죽을 수도 있겠다는 생각이 들었다.

학원은 매뉴얼 바이크 타는 법을 알려주는 곳이 아니라 말 그대로 면허 학원이었다. 제대로 타고 싶다면, 제대로 배우고 싶다면 아카데미를 알아봐야만 했다. 각 브랜드 별로 바이크 타는 법을 알려주기는 했지만 학원은 없었다. 그리고 직접 소유하고 있는 매뉴얼 바이크가 없다는 것이 제일 컸다.

3장

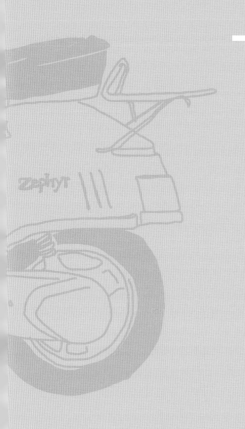

정비를 배우다

겉과 속이 모두 건강한 바이크

일주일 중 꼭 하루는 시간을 내어 오토바이를 타고 가까운 곳 마실을 다닌다. 지금은 베스파와 두카티 스크램블러의 두 바이크의 오너가 되었다. 가까운 동네책방에 베스파를 타고 책 한 권 사기도 하고, 멀리 강릉 사천 해변에 가서 점심으로 가자미 미역국을 먹고 오기도 한다.

봄에서 여름 혹은 여름에서 가을로 넘어가는 계절에는 투어를 떠난다. 바이크 위에서 느껴지는 바람의 속도가 너무 좋다. 오토바이는 내 삶의 중요한 일상이 되었다.

올해는 엔듀로, 산악 오토바이를 배워 볼 계획이다. 오토바이를 타게 된 이유를 갖게 한 첫사랑 베스파, 정비를 배워야겠다고 결심한 순간에도 베스파가 함께 있었다. 주문한 책이 도착했으니 찾으러 오라고 오래된 서점 사장님에게서 연락이 왔다. 책은 핑계이고 달리고 싶었다.

'베스파로 마실 나가서 책 사고 책방 사장님이 내려주는 시원한 아메리카노를 마시며 수다 떨고 오면 되겠다!'하는 가벼운 마음으로 베스파에 올랐다.

시동을 거는데 소리가 이상했다. 겔겔겔겔…… 겔겔겔겔겔…… 겔겔겔겔…… 힘없이 시동이 걸렸다. 어렵게 출발했는데 서점으로 가는 내내 빨간 신호마다 푸들 푸들 푸루루루르 하며 시동이 꺼졌다. 스타트 버튼을 누르고 스로틀을 당겨서 다시 출발하기를 서너 번 반복했더니 급기야 시동이 아예 걸리지 않았다.

베스파 뒤로 줄 지은 차들이 경적을 울려대기 시작했다. 수신호로 위급 상황을 알리며 베스파를 끌고 차선 밖으로 나왔다. 한 번도 아픈 적이 없던 베스파의 위급 상황에 등에서 식은땀이 흘렀다. 베스파 카페에 들어가서 증상을 이야기하고 도움도 청해 보았지만 속 시원한 답을 구하기 힘들었다. 결국 용달을 불러서 정비센터에 가기로 했다.

가까운 정비센터부터 전화해서 증상을 이야기했지만 베스파를 보겠노라 하는 곳은 없었다. 베스파 정비는 하지 않는다는 게 모든 정비센터의 답변이었다.

결국 베스파를 샀던 동대문 서비지오에 전화를 했다. 서비지오 직원 역시 증상만으로는 어떤 상태인지 모르니 가지고 오는 수밖에 없다고 했다. 파주에서 동대문까지 베스파를 가져가야 하기에 처음으로 용달을 불러 보았다. 그만큼 나의 베스파는 완벽했었다.

아침에 책 사러 가겠다고 기분 좋게 출발했는데 점심을 훌쩍 넘긴 시간, 셔츠가 흠뻑 젖은 채로 동대문 베스파 서비지오에 도착했다. 길바닥에서 오도 가도 못하는 순간에서 벗어나니 비로소 안도가 찾아왔다. 정신 차리고 쉼표 이목수에게 동대문 도착을 알리는데, 뒤에서 시동 걸리는 소리가 들렸다. 전화를 끊고 정비실로 뛰어들어갔다.

"릴리즈가 빠져 있네요!"

이건 마치 전원 코드가 뽑혀 있는데 TV가 고장 났다며 AS센터에 방문한 꼴이었다.

"엔진 오일 갈 때 된 것 같은데 몇 킬로 때 갈았어요?"

사장님이 미터기를 들여다보며 물었다. 기억을 더듬어 보니 엔진 오일 갈겠다고 센터 방문한 적이 없었다. 그 길로 엔진 오일을 갈았는데 세상에 콩기름같이 맑은 기름은 온데간데없고 콜라보다 더 검은 기름이 흘러나왔다.

부끄러웠다. 꿈의 바이크라면서도 내가 즐기는 동안 나의 베스파는 피를 토할 때까지 혹사당한 것이었다. 겉으로만 번지르르하게 하고 정작 속은 썩어 문드러지고 있었다. 수리를 마치고 파주로 돌아오는 내내 미안함으로 견딜 수가 없었다. 오늘 일어난 일들을 되짚어 보았다. 왜 이런 일이 생긴 걸까?

그렇게 원하던 베스파를 비싼 스쿠터라 애지중지하며 타기는 했는데, 엔진 오일 점검이나 혹은 바이크를 타기 전과 주차 전후 베스파를 살피는 일을 하지 않았다. 세차는 기본이고 관리라는 것을 하지 않고 타고 달리기만 했었다. 집으로 무사히 데려오긴 했지만, 베스파의 문제를 해결하고 온 것이 아니라 커다란 숙제를 안고 온 거 같았다.

'자 가 정 비'

나의 사랑은 내가 지킨다.

성수공고 모터사이클
자가정비 수업

   자가정비를 배우겠다고 마음먹었지만 쉽게 배울 수 있는 곳이 없었다. 2종 소형 면허를 딸 때와 마찬가지로 오토바이 정비를 정식으로 배울 수 있는 곳이 없었다. 면허는 학원이라도 있지만 정비는 아예 학원이 존재하지 않았다.

   그렇다면 이 많은 정비센터의 사장님들은 어디에서 정비를 배웠나 알아보니 도제 방식으로 기존 센터 기사로 일하면서 사장님 밑에서 어깨너머로 배우며 경력을 쌓는 방식이었다.

   그럼 1세대 센터 사장님은 어디에서 배웠나 물어보니 자전거부터 시작해 펑크 난 타이어나 전기 셀모터를 수리하면서 역시 알음알음 스스로 연마하며 독학한 케이스가 대다수였다.

   오토바이는 자동차 정비와 달리 국가공인시험과 자격증이 없었다. 오토바이 정비 책이 있는지 찾아보았다. 대림모터스에서 사내용으로 나온 정비 책이 있었지만 비매품이었다. 출판사에서 낸 책도 있지만 일본 브랜드 바이크의 매뉴얼 번역서여서 매끄럽지 않은 해석을 이해하기 힘들었다. 결국 나는 유튜브를 통해 관련 동영상 시청을 하며 정비에 대해 하나씩 배워갔다.

우연한 기회에 만난 '오토바이로, 일본 책방'의 저자이신 존경하는 조경국 작가님에게서 성수공고에서 진행하는 모터사이클 자가정비 수업이 있다는 정보를 받았다.

성수공고에는 모터사이클 정비학과가 있다. 3박 4일의 수업 동안 안전교육, 모터사이클의 원리와 이해, 110cc 스쿠터 엔진 분해 조립, 브레이크 패드 교체, 구동계 점검 등 자가정비 수업을 배울 수 있다. 커리큘럼을 보는 순간 꼭 들어야겠다는 생각이 들었다.

첫 수업일, 수업을 추천해주신 조경국 작가님이 먼저 와 계셨다. 이 수업을 위해 전날 진주에서 출발하여 친구 집에서 주무셨다고 한다. 수업이 진행되는 동안 서울에 머물면서 친구들도 만나고 수업도 들을 것이라고 하셨다.

스무 명 남짓의 학생들이 시간에 맞춰 도착했다. 작가님처럼 멀리 지방에서 오신 분들이 많았다. 파주에서 출발하며 '성수가 너무 먼 곳이구나!' 했는데 투정에 불과했다.

1교시 모터사이클 교통안전 교육과 함께 모터사이클 원리에 대한 설명이 있었다. 안전 교육은 라이딩 시 착용해야 할 장비에 대한 설명이었다. 당연히 헬멧은 써야 한다. 그때까지만 해도 매뉴얼바이크를 타지 않는 나의 안전 장비는 헬멧이 전부였다. 당연히 착용하는 장갑도 그때는 없었다.

안전 장비에는 헬멧을 비롯해 가슴, 무릎, 팔목 보호대 등 필요한 것들이 많았다. 신발도 당연히 일상용을 신으면 안되고 발목까지 올라오는 워커를 신어야 한다. 많은 라이더들이 자신의 바이크와 스타일에 따라 디자인에 맞는 장비들을 착용하며 멋스러운 바이크 인생을 즐긴다.

2교시는 모터사이클의 원리에 대해 배웠다. 내가 그토록 좋아하는 바람을 가르는 속도에 관한 것이었다. 여기서 그 유명한 2행정과 4행정을 처음 들었다. '흡입→압축→폭발→배기' 이 작은 바이크 안에서 폭발이 일어나고 열에너지가 운동에너지로 바뀌며 바이크를 앞으로 나아가게 하는 원리였다.

폭발이 일어났는데 앞으로 나갈 수 있다니 내 머리로는 이해하기 힘든 원리였다. 마치 초등학생이 대학교 물리 수업을 듣는 기분이랄까? 무지함을 들키지 않으려고 고개를 끄덕였지만 계속 이어지는 물리학 수업으로 머리가 어지러워질 때쯤 쉬는 시간이 찾아왔다.

'바이크&자가정비'라는 공통분모를 안고 있다 보니 자연스레 앞 뒷자리에 앉은 학생들과 통성명하는 시간이 생겼다. '어디 사냐? 무슨 바이크 타냐? 주로 언제 타냐? 자가정비 왜 배우려고 하냐?' 조경국 작가님은 함께 바이크를 타는 친구와 오셨는데, 심은식 사진 작가님이었다.

대부분의 라이더들이 터프한 외모 때문에 터프가이로 오해를 많이 받지만, 터프한 사나이들의 가슴 안에는 유년시절 소년의 모습을 간직한 분들이 많았다. 심은식 작가님도 그런 소년 중 하나인 듯했다.

두 분은 사진을 통해 만났고 오토바이를 함께 타면서 오랜 지기가 되었다고 한다. 두 분 다 카메라와 오토바이 핸들을 잡을 때 가슴이 뛴다며 해맑게 웃으셨다. 비단 두 분만 그럴까? 성수공고로 모여든 사나이들은 모두 소년이 되어 즐겁게 수업을 들었고, 나 역시도 '로마의 휴일'의 오드리 햅번이 되어 있었다.

3교시 대림 시티 110 타이밍 상사점과 밸브 맞추기를 배웠다. 타이밍 상사점(피스톤이 실린더 속에서 최상단에 왔을 때의 위치)과 밸브는 '흡입→압축→폭발→배기' 과정 중 폭발과 관련이 있다. 우선 실린더 내로 적당한 공기와 연료가 흡입될 수 있도록 밸브 간극을 맞춰야 한다.

그리고 피스톤이 실린더 아래에서 위로 올라갈 때 흡입된 공기가 압축이 되는데 피스톤이 실린더 제일 위에 도착했을 때 폭발이 일어나야 열에너지가 극대화되므로 타이밍 상사점도 맞춰야 한다. 타이밍 맞추기는 클랭크를 돌리고 축을 맞추면 되는 작업이라 쉬웠지만 밸브 간극은 0.05mm의 게이지를 넣었다 빼며 탭핏을 고정해야 하는 작업이라 처음 해보는 나로서는 손에 익지 않아 힘들었다.

그리고 4교시 아마도 3박 4일 배울 내용 중 가장 핵심적인 내용을 배운 듯했다. 대림시티 110 엔진을 분해하며 각 부품의 기능을 설명해 주셨다. 캠체인 텐셔너, 오일 펌프, 플라이휠 마그네트 스타터 클러치, 기어 포지션 센서, 스타트 모터, 캠샤프트, 캠샤프트 로커암, 실린더 헤드 밸브. 실린더 피스톤링, 캠체인 타이밍 체인, 기어 쉬프트, 트랜스 미션, 클러치 플레이트, 원웨이 클러치, 클러치슈, 클러치 디스크 아우터, 클러치 디스트를 차례대로 뜯으며 기능에 대해 설명을 들었다. 처음 보는 부품에 이름들까지 생소하여 부품명과 기능을 제대로 매칭하지 못했다.

선생님의 시연이 끝난 후 이제는 실습생들 차례가 왔다. 심은식 작가님, 조경국 작가님 그리고 나 이렇게 셋이서 한 조가 되어서 선생님의 분해 순서대로 한 명씩 분해 조립을 이어 갔다. 내 차례가 제일 마지막이었다.

9시가 수업 마지막 시간이라 분해 조립이 끝난 사람은 바로 집으로 귀가였는데, 같은 조였던 조경국 작가님과 심은식 작가님은 내가 조립을 마칠 때까지 어시스트를 해주며 늘 기다리셨다. 물론 선생님이 있었지만 그날 끝까지 옆에서 나사 하나씩 짚어 주면서 도와주신 두 분이 너무도 감사했다. 특히 무거운 엔진을 들어서 방향을 바꿀 때는 조경국 작가님께서 직접 나서서 뒤집어 주셨다. 무사히 조립을 마치고 첫날 수업이 끝났다.

늦은 귀가가 예상돼 나는 차를 가져갔고 작가님 두 분은 대중교통을 이용하셔서 교실에서 나와서 바로 헤어졌지만 다음 날 또다시 두 분과 수업을 함께 수업을 들을 수 있다는 사실만으로도 돌아가는 길이 신이 났다.

수업 둘째 날. 파주에서 성수공고까지 지하철 환승 한 번에 두 시간 남짓 걸리는 거리를 기쁜 마음으로 달려갔다. 그런 나를 조경국 작가님과 심은식 작가님이 반갑게 맞아주셨다. 생각지도 못한 커피까지 자리에 올려 두셨고, 뜨거운 커피만큼 마음도 따뜻해졌다.

엔진 분해 조립이 이어졌다. 전날보다 훨씬 더 정밀하고 정확하게 하는 것이 목표였다. 두세 번 하다 보니 머릿속으로 엔진의 구조도가 그려졌다. 엔진 헤드, 피스톤, 오일링 등 폭발이 일어나는 엔진 속이 궁금했었다. 엔진이 과열되면 피스톤이 녹아서 엔진룸과 함께 눌러붙는다더니……. 눈으로 직접 보니 공포심이 훨씬 더했다. 각개로 움직여야 할 아이들이 한 덩어리가 되면 그야말로 비싼 고철 덩어리가 되는 것이었다.

어제의 순서대로 조경국 작가님, 심은식 작가님 그리고 나, 이 순서로 분해 조립을 반복하였다. TDC(상사점)을 맞추고 밸브 간극을 맞추고 엔진 스타트 모터와 클랭크를 열고 엔진 헤드를 분해해서 내려간다. 지금에 와서 하는 이야기이지만 부품의 이름과 기능은 다 잊어버렸고, 순서에 맞춰서 누락된 부품 없이 말 그대로 실수 없이 분해 조립만 해도 다행이라 여기며 신중히 작업했다. 그러다 보니 속도는 느려지고 실수는 잦아졌다.

엔진은 수만 가지 부품이 모여서 한 덩어리가 되고 그 한 덩어리가 엄청난 폭발을 하며 앞으로 나아가는 것이기 때문에, 부품 하나하나가 제대로 장착되어야만 정상적으로 움직일 수 있다. 다만 몇 번을 반복하니 손에 어느 정도 익숙해지긴 했지만, 100% 만족할 만큼은 되지 못했다. 둘째 날은 분해 조립에 대한 숙련도를 키우는 수업이었다.

셋째 날과 마지막 날은 토, 일 수업이라 오전 9시부터 오후 5시까지 마치 스파르타식 수업 같았다. 스쿠터에서 엔진룸을 분리하는 것을 배우기 위해 센터에서 보던 전동 리프트 앞으로 모였다. 리프트 위에는 대림시티 110이 올려져있었고, 선생님은 학생들 앞에서 나사를 하나씩 풀며 기능을 설명했다.

엔진의 무게가 30kg에 육박하기 때문에 한 손으로 엔진을 잡고 다른 한 손으로 나사를 푼다는 것은 불가능하다. 엔진 무게를 지탱할 수 있도록 잘 받쳐놓고 각종 선들을 분리한 뒤 나사를 풀고 엔진과 스쿠터 바디를 단단히 고정하고 있는 중앙축을 가로로 빼서 엔진을 안전하게 탈거 했다.

학생들이 수업하는 성수공고 모터사이클 학과에는 오토바이를 수리하기 위한 최신의 장비가 갖추어져 있었다. 각종 공구와 오토바이를 올리고 편하게 작업할 수 있는 리프트, 엔진처럼 무거운 것을 올려놓고 작업할 수 있는 센터잭까지 보고 나니 개러지가 갖고 싶다는 욕심이 생겼다. 정작 본인의 실력 따위는 안중에 없었고, 보고 있으니 속도 없이 참 좋았다.

오늘은 4인 1조가 되어 실습이 진행되었다. 앞서 선생님이 보여준 엔진룸 탈거를 한 명씩 돌아가면서 진행하는데 나머지 세 명이 옆에서 도왔다.

반복은 습관을 만들어낸다. 반복된 교육에 정비하는 자세에서 자연스러움이 느껴졌다. 이번에도 내가 제일 마지막 차례였고, 앞에서 한 명씩 할 때마다 어디에 어떻게 무엇을 하는지 따라하려고 노력을 했다. 집중해서 분해조립 순서와 부품의 위치, 길이, 모양새를 외웠다.

오전 4교시가 끝난 후 오후 시간에는 외부 강사님이 오셨다. 박근영 선생님은 취미로 자가정비를 하는 분이다. 직업도 오토바이와 관련 없는 일을 하고 있는데 중학생 때부터 기계 특히, 엔진에 관심이 많아서 죽은 오토바이를 가져와서 다시 시동 거는 것을 좋아한다고 했다.

"자, 오토바이 시동이 안 걸려요! 뭐부터 봐야 될까요?"

선생님의 첫 질문이었다. '점화플러그요.' '스타트 플러그요.' '껐다가 다시 켭니다.' 머뭇거리고 있는데 센스 있는 대답으로 한바탕 웃음이 돌았다.

"맞습니다. 스타트 버튼, 셀 모터, 밧데리, 점화 플러그를 하나씩 점검하면 됩니다. 머릿속으로 한번 그려봅시다. 키를 꽂고 시동 버튼을 눌러요. 시동 버튼의 전기가 어디로 흘러가서 무엇을 건드리는지를 알아야 역으로 하나씩 점검할 수 있습니다. 브레이크도 마찬가집니다."

내가 앞바퀴를 잡는다.

"그럼 브레이크 패드의 신호가 어디를 지나가는지 흐름을 알아야 합니다."

강사님은 머릿속에 오토바이 해부도가 있어야 한다고 했다. 특히 '전선', 즉 전기가 흐르는 길을 그려 놓고 정비해 나가라고 했다. 오래된 오토바이일수록 많은 센터를 거쳐서 내 앞에 왔기 때문에 뚜껑을 열어서 어떻게 죽은 선을 구분해서 잘라내고 정리하는지, 어떤 선을 자르거나 자르지 말아야 하는지, 어떤 선을 병합할 때 전압이 약해지는지 등을 설명해주셨다.

강사님도 교본 없이 그저 오토바이가 좋아서 독학으로 공부해 깨달은 것이라며 취미로 오토바이를 고치기 시작했는데 교본이 없다 보니 역으로 생각하며 하나씩 익혀갔다고 설명해주셨다.

마지막 날 현장에서 직접 오토바이를 정비하시는 강사님이 오셨다. 대림오토바이에서 근무하셨고 퇴임 후 대리점을 운영하신다고 했다. 수리 경력만 30년으로, 업계에서도 이미 소문난 마스터라 대림 센터 사장님들이 못 고치는 오토바이를 마스터님에게 물어서 수리한다고 했다. 마스터 오브 마스터의 수업이었다.

첫 수업은 전자 장비 시스템의 이해. 요즘 오토바이센터는 스캐너라는 것을 찍으면 고장 진단을 다 해주기 때문에 예전처럼 소리만 듣거나 엔진 오일을 찍어보며 일하지 않는다고 했다. 컴퓨터같이 생긴 기계를 오토바이 잭에 연결하면 고장 진단과 수리 내용을 다 설명해준다는 것이다.

스캐너에 뜨는 에러는 정식 정비사에게 맡기고 우리는 우리의 오토바이를 더 아껴주기 위해 필요한 자가정비를 가르쳐 주시겠다며 정말 기본적인 것들을 알려주셨다. 엔진 오일 갈기, 브레이크 마모도에 따른 패드 갈기, 구동계 점검이었다.

엔진 오일은 직접 갈아 본 분들이 계신 듯했다. 폐오일은 어디에 버려야 하는지 물어보는 분도 계셨다. 가까운 오토바이샵이나 자동차 정비소에 가져다주면 되는데 엔진 오일 교체 비용이 얼마 안 되니 그 정도는 센터 가서 갈라며 위트 있게 말씀하셨다.

그리고 브레이크 패드 가는 법을 배웠는데, 배웠는데도 영 자신이 없었다. 브레이크는 달리다가 속도를 줄일 때 사용하는데 내가 만약 브레이크를 잘못 갈면 어떻게 되지? 라는 생각이 들었다. 강사님도 처음 패드를 잘못 갈아서 고객이 큰일 날 뻔했다는 에피소드를 들려주었다. 실습 오토바이가 딱 한 대여서 눈으로만 보는 것이 아쉬웠다.

이렇게 성수공고 자가정비 수업이 끝났다. 3박 4일 동안 내가 원하는 것을 이토록 알차게 배운 것이 처음이었기에 수업이 끝나고 난 다음에도 한참을 동영상과 사진을 뒤돌아보며 복기를 했다.

수업의 큰 소득 중의 하나는 열혈 팬이었던 조경국 작가님과 같은 수강생으로서 수업을 듣고 또 SNS 친구가 되었다는 것이다. 좋아하고 싫어하는 것을 잘 숨기지 못하는 편이라 수업 중에도 작가님을 향한 팬심이 드러났다.

마지막 수업 날 꼭 자신의 오토바이로 '쉼표' 게스트하우스에 오시겠다고 약속하셨는데, 정말 한 달 후에 심은식 작가님과 함께 오토바이를 타고 오셨다. 그 인연이 이어져 '오토바이로, 일본 책방' 북콘서트를 쉼표에서 열었고, 2019년 유라시아 여행을 떠날 때는 강원도까지 배웅을 해 드렸다. 같은 라이더로서 동등하게 대해주시는 어른 조경국 작가님에게 항상 감사드린다. 작년에는 진주 소소책방 방문 겸 반국투어를 떠났었지만 서로 시간이 엇갈려 만나지 못한 것이 참 안타까웠다. 올해가 지나기 전 그에게 유라시아 투어 이야기를 들어야한다는 계획만으로도 나의 일상을 설레게 했다.

　성수공고 수업이 좋았던 또 다른 이유는 오토바이 원리에 대한 것을 어렴풋이나마 알게 되었다는 것이다. 센터에 가서 보지 않는 이상 엔진 분해하는 것을 라이더가 보기는 힘들다. 물론 공대생이라면 이야기는 좀 달라지겠지만, 솔직히 센터에서도 엔진을 분해하는 일은 드물다. 유튜브를 통해 다른 사람이 엔진 뜯는 것만 보곤 했는데 내 손으로 직접 공구를 들고 나사를 풀어보았다는 것이 큰 성과였다.

　또한 이 수업이 좋았던 이유는 '끝없는 목마름'이었다. 직접 뜯어 보고 나니 손맛이라는 것을 알게 되었고, 나사를 풀고 조이고 이에 맞게 끼워 완성하는 모습은 로봇 조립과는 다른 묘미가 있었다.

　3박 4일 만에 이 재미가 끝난다는 것이 너무 아쉬웠다. 처음 뜯어 보는 엔진과 그 안의 부품들이 생소하고 낯설어 직접 손으로 여러 번 반복해서 만져 보고 싶다는 생각이 들었다.

지금 당장은 분해, 조립할 오토바이도 없고 사용할 수 있는 공구도 없어서 아쉽지만, 그래도 오토바이가 굴러가는 원리와 엔진 속 기능에 대해 자세히 알게 되는 계기가 되어 유익했다. 특히나 스쿠터를 당기면 구동계 벨트가 어떻게 움직이는지를 보고 나니 더욱 정비를 잘 해야겠다는 생각이 들었다.

영화 '티파니에서 아침을'에서 오드리 햅번이 쇼윈도에 있는 반지 목걸이를 깊이 들여다보며 반짝이는 것을 좋아했듯, 나는 잘 정돈된 공구세트만 보면 나도 모르게 가슴이 뛰었다. 내 힘으로 풀 수 없는 나사와 볼트를 풀 수 있는 18V 5A의 보쉬 임팩트가 내 마음을 무척 설레게 했다.

창원 KMCA 7기 MTSC

이륜차 정비사 양성과정에 지원하다

세상에서 제일 무서운 것이 아는 맛이라고 했던가? 한 번 먹어 본 맛은 뇌가 기억하고 다음에 그 음식을 보았을 때 나도 모르게 침이 가득 고인다고 한다.

3박 4일 성수공고 모터사이클 자가정비 수업이 끝났다. 알기 전에는 전혀 모르던 맛, 오토바이에 대한 사랑 때문에 시작했는데 정비를 살짝 배우고 나니 실력을 키우고 싶다는 마음이 커졌다.

자가정비 키트를 사서 집에서 뜯어보고 싶었지만, 지금 당장 뜯을 바이크가 베스파 말고는 없었다. 기술 없는 내가 베스파를 뜯으려니 장비도 없었고 아직은 내가 뜯고 수리한 오토바이를 탈 용기가 나질 않았다.

'바이크 튜닝 마니아' 커뮤니티에 공지가 하나 올라왔다. KR모터스에서 이륜차 정비사 양성과정 교육생을 모집한다는 공고였다. 모집 요강을 꼼꼼히 읽었다. 창원에서 7주간 기숙 훈련의 형태로 진행되는 훈련과정이라 왠지 이 과정을 마치고 나면 나도 내 베스파를 수리할 수 있을 것 같다. '7주 합숙훈련'이 마음에 걸렸지만, 서류 심사 후 면접이라 일단 이력서와 자기소개서를 먼저 써 보았다.

퇴근한 남편에게 이력서와 자기소개서를 보여주며 창원에 이런 교육이 있다고 설명했다. 솔직히 남편이 서류들을 보고 반대할 것이라는 생각에, 엄마에게 부끄러운 성적표를 내밀었을 때처럼 나는 혼날 준비를 하고 있었다. 그런데 두 개의 문서를 다 읽은 남편의 반응이 의외였다.

"형주야~ 회사에 내는 자기소개서는 '뼈를 여기다 묻을 것처럼!' 써야 된다. 그런데, 니 글에는 그런 애절함이 없어! 다시 써! 이대로 내면 넌 떨어져!"

친절한 코멘트였다.

'뭐지? 지원해도 된다는 건가?'

남편이 시킨 대로 뼈를 묻을 것처럼 자기소개서를 고쳐 쓰고 서류를 통과했다. 면접을 보러 오라는 통보를 받고 다음 문제에 직면했다. 바로 거리와 시간이었다. 파주에서 창원 KR모터스 본사까지

거리는 총 438km. 비행기를 타든, 기차를 타든, 고속버스를 타든 시간과 비용을 들여야 갈 수 있는 거리다. 이번에도 남편은 시원하게 허락해 주었다.

면접 전날 부산 친정에서 자고 시간에 맞추어서 면접장에 도착했다. 창원은 내 첫 직장인 경남일보가 있던 곳이어서 어느 정도 거리 감이 있었다. 그사이에 많은 것이 변해 있었지만, 처음부터 계획도시로 지었던 도로들은 4차선 큰길이어서 찾기 수월했다.

면접장에는 슈트를 차려입은 몇몇 면접자들이 대기하고 있었다. 그들은 나를 의아하게 쳐다보았다.

"여자 지원자도 있나 봐요?"

수군거리는 소리가 들렸다. 면접장으로 들어갔다. 두 분의 면접관이 앉아 계셨다. 아카데미의 수장, 권영진 원장님과 KMCA MTSC 1기 수석 졸업 후 KR모터스에 취직한 유동연 주임님이다. 두 분 역시 난색을 표하기는 마찬가지였다. 권 원장님의 첫 질문을 아직도 기억한다.

"남편이 이 과정을 동의합니까?"

함께 들어간 세 명의 면접생 중 내 질문의 시간이 길었다. 이 과정을 지원한 최초의 여성 지원자라 서류 심사부터 갑론을박이 있었던 모양이다.

"만약 합격한다면 7주 동안 남편 밥 안 하고 창원에 있을 수 있습니까?"

마지막으로 결의를 묻는 질문을 받았다. '뼈를 묻을 것처럼'이라는 남편의 코멘트가 떠올라 충성스러운 대답을 했다.

이틀 후 합격 통보를 받았다. 전화를 건 쪽도 받는 쪽도 격앙되어 있었다. 서류 통과 소식과 면접 일정을 잡아 주신 분이었다. 최초의 여성 지원자이니 꼭 7주 훈련 완주하시길 바란다며 유니폼과 안전화 지급을 위해 키와 발, 신체 사이즈를 물으셨다.
후에 이 분을 KR모터스 여자 화장실에서 만났다. 누구인지 늘 궁금했다며 유니폼이 다 남자 사이즈라서 잘 맞지 않을 거라며 겨울용 여자 유니폼을 선물로 주셨다. 고마운 마음과 함께 끝까지 최선을 다해야겠다는 다짐을 다시금 하게 됐다. 퇴근 한 남편에게 합격 소식을 전했다. 기뻐할 줄 알았는데 의외의 반응이 또 나왔다.

"뭐 합격했다고?"

합격을 전혀 예상하지 않은 눈치였다.

교육은 11월 초부터 12월 말까지 7주 과정이다. 부랴부랴 나의

주도로 운영하던 쉼표 게스트하우스를 어떻게 할지 계획을 세웠다. 주중은 손님을 받지 않고 남편이 쉬는 주말에만 게스트를 받기로 했다. 11월 둘째 주에 해마다 오는 대안학교 단체 게스트와 마을에서 공동으로 김장하는 날만 창원에서 파주로 올라오기로 했다.

창원으로 내려가기 전날 밤, 남편은 내게 힘들면 포기하고 오라고 했다. 그렇게 말해주는 남편이 너무 고마웠다. 고마운 눈빛을, 안일한 눈빛으로 읽었는지 잠시 후 남편은 말을 바꾸었다.

"그래도 끝까지 해봐야 되지 않겠나?"

물론 포기할 마음은 없었지만 남편의 말에 갑자기 정신이 번쩍 들었다.

"사람들한테 틱틱대지 말고! 표정 관리 잘 하고……."

어린 자식 어디 멀리 유학이라도 보내듯이 자꾸 뭐가 생각나는지 이런저런 당부가 이어졌다. 남편의 고마운 지원에 폐가 되지 않기 위해 끝까지 최선을 다해 전력투구 해야겠다는 다짐을 하고 창원으로 향했다.

7주 합숙훈련이 시작됐다.
2017년 11월 6일 아침 8시. 첫 수업에 지각하지 않기 위해 서둘렀다. 강의실에 도착하니 면접 때 보았던 몇몇 동기들이 보였다. 여자 교육생은 예상대로 나 혼자였다. 어디에 앉아도 눈에 띌 것 같아서 중간 제일 오른쪽 자리를 잡았다.

오리엔테이션이 시작됐다. 면접관이었던 권영진 원장님과 유동연 주임님이 들어오셔서 7주간 지켜야 할 수칙에 대해 알려 주셨다. 유니폼을 단정하게 입을 것, 안전화를 꽉 조여 맬 것, 강의 전후에는 사용한 장비를 꼭 점검할 것, 기계를 만질 때는 장갑을 낄 것, 직원들과 마주칠 때는 먼저 인사할 것 등 공지 사항을 듣고 있으니 학교로 다시 돌아온 기분이 들었다.

뒤이어 공식 개회사가 이어졌다. 회사 대강당으로 이동하여 KR모터스 사장님의 격려사를 들었다. 사장님 연설 중 눈이 마주쳤다. '7주 과정이 남자도 받기 힘든 과정이다. 솔직히 지난 기수 중 몇 명의 교육생이 포기하고 돌아간 과정이기도 하다. 여자로서 도전해 줘서 고맙고 끝까지 남아서 수료해달라'는 당부를 하셨다.

마음의 부담이 백배가 되었다. '내가 여기서 중간에 포기해 버리면 다음 여자 교육생은 선발하지 않겠구나!' 막중한 책임감이 몰려왔다. 책임감의 무게만큼 각오를 다졌다.

점심식사 후 기숙사 배정이 있었다. 7주라는 긴 시간이라서 다들 짐이 많았다. 본사에서 숙소까지 용달차로 2톤 분량의 짐들이 옮겨졌다. 내일부터는 기숙사에서 회사까지 직원들처럼 통근 버스를 이용하게 된다. 교육 기간 중 아침, 점심, 저녁 식사가 모두 회사에서 제공되기 때문에 아침 식사 시간인 7시까지 회사에 도착하려면 6시 30분 통근 버스를 타야 했다. 얼리버드의 삶답게 알람을 바꿨다.

저녁에 숙소 앞 치킨집에서 7기 동기들 첫 모임이 있었다. 맥주 한잔하며 서로의 이야기를 들을 수 있었다. 전국 각지에서 10대부터 50대에 이르기까지 다양한 이야기를 가진 동기생들이 모였다.

나의 동기들이 전국 각지에 있어서 투어 중 어디를 가도 수리를 맡길 정비사들이 생겨서 든든했다. KMCA 7기 동기 앞으로 펼쳐질 흥미진진한 수업을 위해 모두들 파이팅 넘치는 건배를 외쳤다.

다음날부터 빡센 수업이 시작되었다. KMCA MTSC 는 KR MotorCycle Academy Motorcycle Total Service Curriculumn 의 약자로, KR모터스 창원 본사에서 7주간 진행하는 이륜차 정비 전문가 양성과정이다. 7주 동안 토요일, 일요일을 제외한 35일, 하루 8시간씩 총 280시간 교육을 받는다. 이 교육을 받으면 나도 준전문가 정도의 수준은 될 수 있겠지?

1주차 이륜차 서비스 네트워크/클레임 처리 절차/보증기간/4행정/2행정
2기통 v 트윈 공냉식 엔진 설명(GT250, GV250 엔진 분해 조립)
CYLhead부/클러치부/마그네틱/미션부/동력 전달 장치/타이밍 맞추기/밸브 간극
2기통 v 트윈 수냉식 엔진 설명(GT650, GV650 엔진 분해 조립)
CYLhead부/클러치부/마그네틱/미션부/동력 전달 장치/타이밍 맞추기/밸브 간극

2주차 단기통 DOHC 수냉식 엔진 설명(GD250 엔진 분해 조립)
CYLhead부/클러치부/마그네틱/미션부/동력 전달 장치/타이밍 맞추기/밸브 간극
단기통 SOHC 공냉식 엔진 설명(RT125 엔진 분해 조립)
CYLhead부/클러치부/마그네틱/미션부/동력 전달 장치/타이밍 맞추기/밸브 간극
시청각 교육

3주차 언더본 type(kb110 앤진 분해 조립)
CYLhead부/클러치부/마그네틱/미션부/동력 전달 장치/타이밍 맞추기/밸브 간극
강제 공냉식 스쿠터 엔진 설명(HL100 엔진 분해 조립)
CYLhead부/클러치부/마그네틱/미션부/동력 전달 장치/타이밍 맞추기/밸브 간극

4주차 수냉식 스쿠터 엔진 설명(HB125 엔진 분해 조립)
CYLhead부/클러치부/마그네틱/미션부/동력 전달 장치/타이밍 맞추기/밸브 간극
2행정(ALT100 엔진 분해 조립)
2cycle/CYLhead부/클러치부/마그네틱/미션부/동력 전달 장치/타이밍 맞추기/밸브 간극

5주차 실차 차체 구조 설명(GT250, GV250, GT650, GD650, HB125)
엔진 탈부착 시 주의 사항→엔진 탈착→배전도 점검→카브레터 분해 조립→엔진 분해 조립→냉각수 공기 빼기→타이밍→밸브 간극 확인→시동 확인→고장배제

6주차 실차 차체 구조 설명(HY125, KB110, ALT100)

엔진 탈부착 시 주의 사항→엔진 탈착→배전도 점검→카브레터 분해 조립→엔진 분해 조립→냉각수 공기 빼기→타이밍→밸브 간극 확인→시동 확인→고장배제

7주차 EFI 이론

ECU–센서 역할–진단기–진단기 신형 설명–진단기 구형 설명–프로그램 설치 방법(pc & smartphone)

진단기 신형(고장진단법–액츄에이터–데이터분석–주행테스트)

진단기 구형(고장진단법–액츄에이터–데이터분석–주행테스트)

필기 및 실기 시험 주간

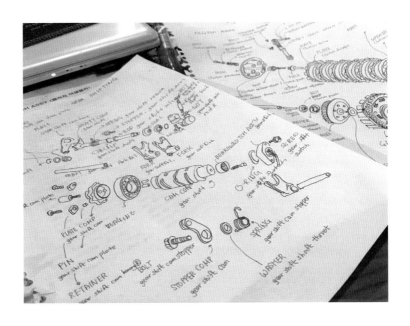

진이 놓여 있었다. 1조에는 st7, 2조에는 미라쥬 엔진 gv650, 3조와 4조에는 엑시브 엔진 gd250, 5조와 6주에는 미라쥬 엔진 gv125이 있었다. 한 조에는 3~4명이 배치되어 주어진 엔진을 분해, 조립하는 훈련을 한다.

원장님은 우리가 눈을 감고도 분해와 조립을 할 정도로 숙달되어야 한다고 했다. 그 완성도가 어느 정도냐면 엔진 조립이 끝났는데 와셔가 하나 남았다. 그 와셔를 보고 '앗 내가 클랭크 케이스 조합 시 드리븐 샤프트 어셈블리 위에 베어링 이탈 방지를 위한 와셔를 빼먹었구나!' 할 정도라고 말씀하셨다.

아직 나사 모양도 헷갈리는데 와셔 사이즈를 보고 엔진 내 어디에 들어가야 할 부품인지 알아야 한다니 눈앞이 캄캄했다. 반복의 반복을 통해 엔진 구조도를 입체적으로 머릿속에 그려 넣어야 할 것 같았다.

엔진 분해 조립 시 시간이 얼마나 걸리는지 시간을 재어 보았다. 2시간이 걸렸다. 조원 4명이 한 번의 조립만 마쳐도 하루가 다 지나갔다. 원장님은 2시간의 시간이 30분으로 줄어들어야 한다며 우리에게 반복 훈련을 강조했다.

내가 포함된 3조는 성필, 근빈, 민주 그리고 나 네 명이 배정되었다. 순서를 성필-근빈, 근빈-민주, 민주-나, 나-성필의 순서대로 앞의 사람이 리드로서 분해 조립할 때 뒤에 할 사람이 어시스트 하면서 훈련하는 방식을 택했다.

조장 성필이는 아버님의 대를 이어 센터를 준비하기 위해 이 과정을 수료한다고 했다. 또 자동차 기사 필기시험 합격 후 이륜차 정비과정을 마치고 자동차 기사 시험을 친다고 했다. 조장으로 뽑힌 이유가 다 있었다.

조장 성필이의 리더십에 따라 훈련을 거듭하니 어느 정도 엔진의 구조도가 머리에 그려지고 손에 익기 시작했다. 첫째 주가 끝나갈 때쯤 어느 정도 숙달이 된 듯했지만, 엔진 분해 조립에 걸린 시간은 1시간 30분이었다. 원장님이 말씀하신 30분으로 줄이려면 한참은 더 연습해야 할 것 같았다.

둘째 주, 옆 수리대와 자리를 바꿨다. 학교 다닐 때 분단을 바꾸듯 옆으로 옮겨서 다른 엔진을 분해 조립하는 것이다. 오토바이 미라쥬에 들어가는 2기통 v트윈 공랭식 엔진 GV125였다. 첫째 주와 마찬가지로 무한반복이었다. 시간이 갈수록 조금씩 수월했다.

수업 중간 중간 이론 수업이 병행되었다. 마지막 주에 실기 시험이 있다며 원장님은 이론 설명을 수시로 하셨다. 기름 묻은 손으로 틈틈이 메모해가며 복습했다. 보름의 시간이 지나니 여섯 대의 엔진 분해 조립이 어느 정도 손에 익었다.

3주 차에는 현장에서 많이 만나는 배달용 오토바이 엔진들이 올라왔다. 그중에는 4행정이 아닌 2행정도 있었다. 커리큘럼에 따라 수업은 거침없이 진행되었다. 수업 중에 원장님은 이건 시험에 꼭 나오니 필기하라고 말씀하셨다. 우리 모두 필기를 했는데 그중 성필이의 필기가 빼어났다. 성필이는 원장님의 말씀을 놓치지 않고 빠짐없이 기록했고 기숙사에 들어가서 그날 배운 것을 다시 복습하며 한 번 더 정리를 했다. 볼펜도 5색을 사용하며 부품의 그림도 그려 넣었다.

7주의 시간이 흘러갈수록 필기의 격차는 실력의 격차로 점차 벌어지는 듯했다. 주어진 시간 속에서 제각각 노력의 강도에도 차이가 났다. 나도 그 안에서 나름 최선을 다하며 노력했다.

시험주간이 다가오니 이 시험이 끝나면 이제 각자의 삶으로 돌아간다는 것이 아쉬웠다. 동고동락 하다 보니 정도 많이 들었다. 그 사이 동생들에게서 매뉴얼 바이크 타는 법도 배우고, 밥도 먹고, 커피도 마시고, 전체 회식도 하며 많은 추억을 쌓았다.

친하게 지내던 몇몇 친구들과 졸업 여행을 추진했다. 1박 2일 조경국 선생님이 계신 진주로 가서 선생님도 뵙고 저녁에는 다 같이 모여 밤샘 시험공부를 할 요량이었다. 결국 병준, 자훈, 정운 그리고 나, 이렇게 넷이서 떠났다.

낮에 떠난 진주 여행도 좋았지만, 그날 밤 게스트하우스 로비에 모여 앉아 밤새 공부했던 시간들이 기억에 오래 남는다. 그동안 서로 필기한 부분을 나눠가며 좀 더 정확한 오답노트를 만들어 나갔다.

그렇게 해서 받았던 점수가 90점이다. 필기시험에서 좀 헤매기는 했지만 7주 훈련 동안 함께 힘이 되어준 동기들이 있어서 한 명의 낙오 없이 열아홉 명이 무사히 수료했다.

졸업 시험을 안 칠 줄 알았는데 진짜 쳐서 당황하긴 했지만, 기대하지 않았던 내 점수가 평균 이상이어서 기뻤고, 이 시험에서 만점자가 나와서 놀랐다. 100점의 주인공은 성필이다. 역시 노력하는 자의 땀은 배신하지 않는다. 한 문제를 틀린 사람이 두 명, 반장 대희 오빠와 졸업 여행에서 함께 밤을 새가며 공부한 정운이었다. 그

뒤로 병준이 그리고 나, 자훈이 순이었다. 졸업 여행과 더불어 졸업 시험도 역시 성공적이었다. 7주간 정말 인생의 그 어느 때보다 땀 흘리며 열심히 살았다.

이대로 헤어지기가 아쉬워서 돌아오는 봄에 쉼표 게스트하우스에서 워크숍을 개최하기로 했다. 이름하여 유동현 워크숍. 그동안 우리를 가르치느라 원장님도 애쓰셨지만, 원장님과 우리들 사이에서 관계와 분위기를 조율해주는 사람이 있었다. 원장님이 풀기 어려운 숙제를 던지고 가면 머리 맞대어 함께 풀어주던 사람, 바로 유동현 대리님이다. 그의 이름을 따서 유동현 워크숍으로 정했다.

1회 졸업생이라 MTSC에 대한 애착이 남달랐다. 첫 워크숍을 파주에서 진행했는데 자신의 브이스트롬(스즈키사의 온오프로드 겸용 바이크)을 타고 한걸음에 달려와 주셨다.

지금까지도 계절마다 이 워크숍은 계속 진행되고 있다. 정기적인 워크숍도 했지만 각자의 크고 작은 행사가 많았다. 근빈이 아들의 돌잔치, 병준이와 경훈이 그리고 유동현 대리님의 결혼식이 있었고, 성필이의 오토바이센터 오픈 등 우리는 서로의 대소사에 함께 기뻐해 주고 축하해 주며 관계를 이어갔다.

남양주 '명진오토바이'
수요일 꼬마가 되다

　2017년 KMCA MTSC 7기 과정은 가을에 시작해서 겨울에 끝이 났다. 교육이 있는 7주 동안 해마다 오는 단체 손님, 대안학교 친구들의 방문 때 딱 한 번 파주에 올라갔고, 나머지 시간은 창원에서 오로지 오토바이 공부만 했다. 주중에는 KR모터스, 주말에는 도서관으로 가서 그동안 배운 것을 복습하고 새롭게 익혔다.

　KR모터스 과정을 시작하면서 네 권의 책을 받았다. 엔진, 차제, 전장, 고장배제법 네 권이다. 나에게 이 책 네 권은 한 페이지, 한 페이지가 모두 원서 같았다. 한글인데도 도통 이해가 되지 않았다. 입밖으로 소리 내 읽어도 소리만 허공을 맴돌 뿐 머릿속에 입력이 되지 않았다. 주위 동기들에게 질문도 해봤지만, 더 어려운 원론이 나와서 당황했던 적이 한두 번이 아니다. 그래서 주말은 도서관에서 그 책 네 권을 필사했다. 가끔은 수업 시간에 본 매뉴얼을 따라서 그려 보기도 했다.

　정비사 과정을 수료하며 내가 얼마나 한없이 모자란 사람인 것을 깨달았다. '자가정비'라는 출발선에서 시작했지만 내 실력은 자가정비 하기에는 턱없이 모자랐다. 더 배울 곳이 필요했다.

그 시절 내 질문에 가장 많이 답했던 동기가 조장 성필이었다. 동기들 중 가장 열심이었던 성필이는 원장님이 설명을 시작하면 첫 번째 필기를 시작하고, 쉬는 시간과 수업 시간 틈틈이 다시 정리하며 두 번째 필기를 마친다. 그리고 방과 후 숙소에서 마지막 필기를 5색 펜을 이용하여 마무리한다. 내가 던지는 질문마다 척척 대답이 나왔다. 우리는 성필이의 공책을 오답 노트라 불렀다. 성필이와 같은 조여서 얼마나 다행인 줄 모른다.

성필이가 엔진 분해 조립 들어갈 때는 자세히 들여다보았다. 그대로 따라할 수 있을 만큼 초집중을 해서 본다. 그리고 다음 차례 근빈이, 그 다음 차례 민주, 마지막 나. 앞에서 조장이 잘 이끄니 우리 조 전원이 수월했다. 조장이 열심히 하니 조원도 열심히 하는 수밖에 없어서 우리 조원 모두는 다들 모범생 축에 들 수 있었다.

모든 조원을 열심히 챙겨 주었지만, 유독 내가 정비를 시작할 때마다 성필이는 내가 뒤처지지 않도록 어시스트를 도맡아 해주었다. 엔진을 들어 옮겨야 할 때, 차체에서 엔진을 내릴 때처럼 위험한 순간은 물론이었고, 차대에서 마이너스와 플러스 전극 중 어떤 것을 먼저 분리해야 할지 혼란스러워 할 때마다 눈빛과 손짓으로 힌트를 주곤 했다. 아침, 점심, 저녁 하루 여덟 시간을 함께 있다 보니 서로의 가족이야기도 자연스럽게 나왔다.

성필이의 아버님은 오토바이센터를 하신다. 내가 태어난 해인 78년도, 남양주에 '명진'이라는 자신의 이름을 내걸고 오토바이센터를 시작하셨다고 한다. 그러니까 남양주 '명진오토바이'는 내가 살아온 세월만큼 오토바이 정비를 해 온 것이다. 자신의 이름을 간판에 내놓을 만큼 실력도 좋으셔서 일대에서는 소문이 자자했다고 한다.

성필이는 나보다 열 살 어린 88년생이다. 태어나면서부터 아버지가 정비하는 모습을 보고 자랐다. 동네에서 못 고치는 오토바이가 없었고 기계란 기계는 다 고쳐내서 본인도 아버지처럼 엔지니어가 되고 싶었다고 했다. 아버지 이야기를 할 때 성필이 목소리에서 아버지에 대한 존경심이 묻어났다.

성필이의 원래 전공은 태권도, 용인대를 졸업하고 대구 실업팀에서 선수 생활을 했다. 교통사고가 있었고 발가락이 절단되어 봉합수술을 받았다. 그런데 그런 사고가 있기 전부터 정확하게는 군대를 제대하고부터 아버지 뒤를 이어 명진오토바이를 운영하고 싶었다고 했다. 당시 결사반대를 하셨던 아버지와 어머니 때문에 선수 생활을 더 했지만, 운명의 사고 이후 하고 싶은 일을 하리라 마음먹었다고 했다.

어렵게 시작한 정비일이라 그런지 성필이는 누구보다 더 열심히 수업에 임했다. KR모터스 교육 종료 후에는 자동차 산업 기사 1급 자격증을 땄다. 그리고 아버님의 가게를 이어받았다. 그의 머릿속에는 정비 이상의 계획이 있었다.

이륜차 환경 검사소

    오토바이는 출시되는 해부터 2년마다 환경 검사를 받아야 한다. 매연, 소음 검사를 받아서 기준치 이상을 받아야 합격, 불합격이면 재정비 후 다시 검사를 받아야 한다.

    그런데 이 환경 검사를 하려면 아이러니하게도 자동차 정비기사 1급 자격증이 있어야 한단다. 게다가 오토바이 정비를 가르쳐 주는 곳이 한국에는 없다. 자동차 정비학원은 있지만, 오토바이 정비학원은 없다. 대부분 정비센터의 어시스트를 하다가 2년 정도의 시간이 흐르면 기사라고 불러준다.

    한국에서는 도제식으로 오토바이 정비를 배우는 게 일반적이다. 가까운 나라 일본에서는 오토바이 정비를 하려면 자동차 정비학원을 가야 한다. 혼다, 야마하, 스즈키 등 유명한 오토바이 제조사는 오토바이와 함께 자동차도 만들기 때문에 자동차 정비학원에서 오토바이 정비도 함께 가르쳐 준다.

    아무튼 성필이는 아버님 가게를 물려받았고, 민간으로서는 두 번

째로 이륜차 환경 검사소를 함께 시작했다. 5년 안에 이륜차 환경 검사소로 확고한 자리를 잡겠다는 계획이 있었다. 나는 염치불구하고 성필이에게 부탁을 했다. '일주일에 하루, 딱 일 년만 너랑 아버님 밑에서 정비 일을 배우고 싶다!'라고. 'KR모터스 수업 때처럼 어시스트 하며 무급으로 일하겠다.'고 했다. 도움보다는 짐이 될 게 뻔한 어시턴트를 성필이는 고맙게도 오케이 해주었다.

그렇게 나는 수요일 꼬마가 되었다. '꼬마'는 이제 견습을 시작한 어린 정비사를 칭하는 센터 용어이다. 매주 수요일마다 남양주, 덕소역 앞, 이륜차 환경 검사소 명진오토바이로 출근하고 있다. KR모터스 모터사이클 아카데미를 수료했지만 여전히 오토바이의 원리에 대한 이해는 부족하다. 남편이 아카데미 수료 후 만족할 만큼 배워 왔냐고 물었을 때 나는 '이제 겨우 0에서 1이 된 기분이다.'라고 답했다. 명진오토바이에서 나머지 99를 하나씩 채우고 있다.

사람들은 성필이의 실력을 알아봐 주었다. 아버님 가게를 이어받을 당시 배달 오토바이에 주력한 마케팅 계획을 세웠다. 지금은 오히려 cc가 높은 쿼터급, 리터급 오토바이가 훨씬 많이 온다. 소문이 나서인지 멀리서도 찾아와주신다. 실력이 아직 미천한 나는 아직 오토바이 엔진 오일, 필터 및 소모품 가는 것만 하고 있지만, 내 바이크 베스파나 두카티를 타고 갈 때면 내가 직접 정비할 수 있도록 언제나 옆에서 지도편달을 해준다. 그 시간이 내게는 너무 소중하다. 우리 집 뒷마당에서 내 바이크를 직접 자가 정비할 수 있도록 부지런히 배우고 습득하는 노력을 게을리 하지 않겠다. 닦고 기름 치고 조이자!

남형주님이 들어왔습니다.

KMCA MTSC은 교육은 누구에게
권하고 싶은가요?

7기 정병준 기사 경력

저는 배우고 싶은 욕심이 많았는데요.
메이커 센터에 근무하는 사람이 아니면 엔진을 다
양하게 뜯어 볼 수가 없어요.
사장님에게 듣는 원리 설명도 한계가 있고, 시장이
나 배달 오토바이를 상대하다 보면 정말 빠른 시간
안에 다 고쳐서 나가야 해요. 원리나 이론에 대해 자
세한 설명을 들을 수 있는 곳이 없었는데 이번 기회
가 많은 도움이 되었습니다.
1년 이상 된 경력자들에게 KMCA MTSC 과정을
추천하고 싶어요.
업계에서 견습기사를 '꼬마'라고 표현하는데 일 년
정도 근무하다 보면 직업에서 오는 의무감이 있습
니다.
자기 센터를 차릴 욕심이 있는 사람이라면 도움이
많이 될 것 같습니다.

7기 김성필 명진오토바이 대표

이륜차에 관심 많은 초보 정비사에게 추천하고 싶어요.

사실 아버지가 오토바이를 센터를 하셨지만 눈으로 보기만 했지 실질적으로 배웠다고 할 수는 없어요. 저는 사실 운동선수였고 사회 첫발도 실업팀이었습니다.

갑작스런 교통사고로 운동을 그만둬야 했을 때 아버지 가업을 이어받겠다고 결심했지만 사실 눈앞이 깜깜했어요. 아버지에게 배우는 것도 한계가 있겠다 싶어서 자동차 정비학원을 찾아갔습니다.

엔진의 원리에 대해 이해하는 것은 도움이 되었지만 디테일한 정비에 들어가면 분명히 다른 점이 있어요. 유명 브랜드 예를 들면 할리 데이비슨이나 두카티 정비사들도 취직 전 이 과정을 이수하는 사람이 많아요. 대한민국에서 이륜차 정비를 가르쳐 주는 곳이 없으니 제일 처음 이수하는 곳이 KMCA MTSC인 거 같아요.

제가 남양주에서 이륜차 검사소를 하고 있는데 부산에서 이륜차 검사소 준비하시는 분도 저희 1기 선배님이세요. 얼마 전 연락 와서 이것저것 알려 드렸는데 이야기하다 보니 유동현 선생님이랑 동기였어요. 일단 저는 오토바이 정비를 시작하시는 분들께서는 이 과정을 꼭 수료하시면 좋겠다고 생각합니다.

7기 김성필 명진오토바이 대표

저처럼 이륜차점검을 준비하시는 분들도 제일 처음은 이 과정을 이수하시는 분이 많은 것으로 알고 있어요. 운동선수를 22년 하다가 180도 다른 일을 해야 하는 그리고 배움의 열정이 있는 사람에게는 최고의 기회가 아닐까 생각이 듭니다. 두 달이라는 시간이 짧으면 짧고 길면 긴 시간이지만 배움의 욕심이 있다면 엄청나게 달라진 모습으로 성장할 수 있다고 생각해요.

7기 구자훈 자가정비

우리는 '현대'라는 첨단기술의 시대에 살고 있습니다. 스마트폰, 초고층 빌딩, 자율주행 자동차 등 기술의 축적 없이는 상상도 하기 힘든 물건들을 이용하며 문득 궁금해졌습니다. 어떤 기술들이 축적돼서 여기까지 올 수 있었을까? 어떤 원리일까?
안타깝게도 분업을 통한 생산력 극대화를 통해 이뤄낸 문명이다 보니 전문가들의 세상이 되었고, 넓게 아는 사람은 찾기 힘들었습니다. 정말 똑똑한 박사님도 자기 분야 외에서는 일반인과 다를 바 없었죠. 그래서 저는 하나하나 체험했습니다. 우리가 사는 집이 어떻게 만들어지는지 공사현장에서 일해보고, 이것저것 공부하던 중 인류가 에너지의 전환을 통해 자신이 원하는 것으로 얻어내는 것의 위대함을 느꼈고, 이것은 제가 사랑하는 바이크의 심장, 즉 '내연기관'의 근본적인 원리이기도 했습니다.

7기 김성필 명진오토바이 대표

학교에서 대략적인 것은 배웠지만 책만 봐서는 도통 감이 오질 않습니다. 폭발에너지를 도대체 어떻게 동력에너지로 전환할 수 있었을까? 저는 KMCA MTSC 과정을 통해 상세하게 알 수 있었습니다. 폭발에너지는 피스톤을 밀어내는 수직운동을 발생시키고, 피스톤에 연결된 커넥팅로드를 통해 크랭크축을 돌리는 회전운동을 뒷바퀴까지 전달한다는 원리를 통해 인류는 빠른 이동이 가능해졌다는 걸 몸소 느껴봤습니다.

대학을 졸업하고 무엇을 하며 먹고 살아야할지 고민하며 이것저것 배워보던 중 '가슴 뛰는 일을 해보자.' 라는 생각에 바이크에 관련된 것을 찾아보자 했습니다.

1. 뭐해 먹고 살지?
2. 바이크에 관련된 건 가슴이 뛴다.
3. 기계공학이 알고 싶다!

이 3가지를 동시에 만족시켜줄 수 있는 KMCA MTSC 과정에 지원했고, 이수할 수 있어서 뿌듯했습니다. 제 관점에서는 뭐해 먹고 살지를 고민하는 취준생과 바이크를 타며 자가정비 하고 싶은 라이더, 기계공학에 꽂힌 학생 정도가 이 과정을 매력 있게 생각할 것 같아요.

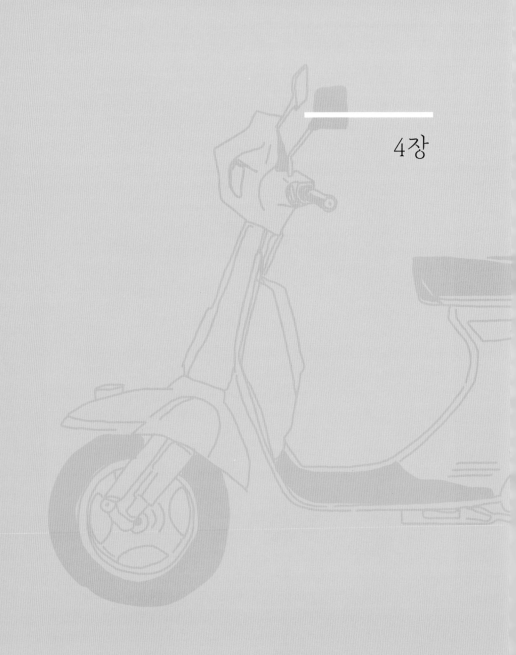

4장

두카티 스크램블러(Ducati Scrambler), 너는 운명

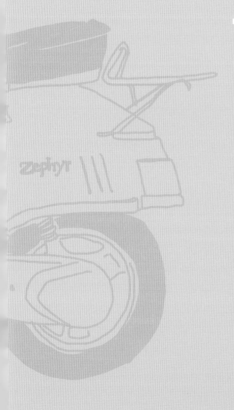

핵폭탄급 생일선물을 받다

SR400

일본 동생 집에 놀러 갔다가 야마하 SR400을 도로에서 만났다. 클래식한 생김새와 배기량이 딱 내 스타일이었다. 게다가 일본에서 SR400에 대한 매뉴얼이 책으로 판매되고 있어서 자가정비도 가능할 것 같았다. 야마하에서 78년도부터 생산을 시작하여 40여 년의 세월 동안 계속 만들어 오고 있는 것도 마음에 들었다. 그만큼 부품 수급이 수월할 거라 생각했다.

MTSC 7기 동기들은 하나 같이 sr400을 반대했다. 국내 정식 수입이 되지 않은 바이크라 병행 수입으로 가져와야 하고 그럼 부품 단가가 높아진다는 것이 이유였다.

대안으로 야마하의 MT03을 추천했다. 잔 고장 없고, 정비성 좋고, 시트고 낮아서 입문용으로 딱이라는 것이다. 하지만 모토크로스(오토바이 경기 중 하나)의 생김이 내가 타고 싶은 바이크는 아니었다.

자연스럽게 SR400 매물 쪽으로 눈을 돌렸다. 400~600만 원선에 가격이 형성되어 있었다. 그때부터 차곡차곡 돈을 모았다. 내 생일에 맞춰 600만 원이 다 모여 갈 때쯤 남편에게 통장을 보여주었다.

　"나 사고 싶은 바이크가 있어서 돈을 모았어!"

　내 생일에 내 돈 모아서 내 바이크 산다고 하면 당연히 허락해줄 것이라 여겼던 내 생각은 오산이었다.

　남편의 반응은 나의 예상과 달랐다. 그는 크게 화를 냈다. '허락보다 용서가 빠르다!'는 오토바이 용어가 있다. 사고위험 때문에 가족이 오토바이 타는 것을 반대해서 생겨난 말이다. 하지만 남편이 화가 난 지점은 '위험'이 아니라 '배신감'이었다. 당황해하는 나에게 조목조목 짚으며 화난 이유를 알려줬다.

　"그 돈 어떻게 모았노?"
　-내가 강의 나간 돈 모았어!
　"내가 벌어온 돈은 우리 돈인데, 니가 번 돈은 니 돈이가?"
　-당신도 당신이 좋아하는 골프채 사고팔고, 필드 나가고 하잖아?
　"그건 당신이 내어준 내 용돈으로 하는 거고 넌 우리의 수익에서 삥땅을 친 거지!"
　-삥땅???

'삥땅'이라는 말에 말문이 막혔다. 엄마 오락실을 지킬 때도, 분식점에 혼자 있을 때도 돈 통을 건드려본 적 없는 나에게 삥땅이라니? 나는 동생에게 하소연을 했다.

"언니가 잘못 했네. 형부는 당연히 그렇게 생각할 수 있지! 그래도 언니 니 진짜 대단하네! 저축은 1도 모르는 여자가 600을 모으다니 나는 솔직히 600만 원 쓴 년보다 그 돈 모은 년이 더 대단하다고 생각한다!"

남편에게 처제가 한 말 그대로 전하고 모은 돈 600만 원을 살림 통장에 넣었다. 며칠 후, 나의 생일날 남편은 선물 상자 하나를 내밀었다. 들고 흔들어 보았다. 아무 소리가 나지 않았다. '빈 상자인가? 올해는 괘씸죄가 적용되어 선물이 없나 보다.' 뚜껑을 열었다.

경호 은행 SR400 남편이 직접 만든 상품권이 들어 있었다. 850만 원? 내가 모은 금액은 600만 원이었는데 250만 원이 더 보태어져 있었다. 취득세, 등록세, 보험료랑 각종 액세서리 구입비까지 더해진 금액이었다. 2018년의 선물은 그야말로 핵폭탄급이었다.

"여보, 고맙습니다. 다치지 않고 오래오래 즐겁게 잘 타겠습니다."

SR400 판매자에게 전화를 걸고 약속을 잡았다. 일본에서는 사랑 받는 국민 바이크이지만 국내에서는 커뮤니티나 중고몰에서 매물 구하기가 힘든 기종이었다. 어렵게 나온 바이크라 '오늘 꼭 사야지!' 마음을 먹고 약속장소로 나갔다.

직접 보니 더 탐이 났다. 가느다란 실이 총총히 박힌 스포크 힐, 동그란 계기판과 헤드라이트, 물방울 모양의 연료 탱크, 바디 안에 심장처럼 박힌 공랭 엔진 불필요한 것은 다 걷어낸 심플함에서 80년대의 카페레이서 감성이 물씬 느껴졌다.

키가 작은 내가 앉아도 두 발이 동시에 닿아서 착지감도 좋았다. 스로틀이 한 손에 잡혀서 끝까지 돌려도 손목에 무리가 가지 않았다. 4스트로크 빅 싱글 엔진의 고동감까지 어디 하나 흠잡을 곳이 없었다.

판매자가 오토바이에 올라 시동을 걸었다. 사이드 스텝으로 오토 바이를 세우고 스텝 위에 올라선다. 킥 페달을 옆으로 꺼내서 핸들 왼쪽의 디컴프레션 레버를 당기고 킥 페달을 천천히 밟아 내리면서 실린더 안의 압을 채운다. 디컴프레션 레버를 놓고 킥 페달에 온몸의 체중을 실어 밟아 내린다. 근육이 아니라 체중으로 내려 누른다. 부릉, 시동이 걸렸다.

"킥 시동?"

곧이어 남편의 날카로운 질문 하나가 날아 들었다.

"만약에 도로에서 시동이 꺼지면 어떻게 되노?"

남편의 질문에 나도 판매자도 당황했다.

"재빨리 시동을 다시 걸어야죠!"

판매자가 말을 더듬으며 본인도 4차선 중앙에서 시동이 꺼진 경험이 있다고 했다.

"탈락!"

남편이 뒤도 보지 않고 돌아섰다. 더 조를 수 없었다. '킥 스타트' 나도 막상 보고 나니 자신이 없었다. 도로에서 시동이 꺼지는 상황을 상상해 보았다. 뒤로 차가 서 있고, 출발하지 않는다고 빵빵거리는 차들 앞에서 황급히 시동을 걸다가 튕겨 올라온 시프트에 정강이 맞고 떼굴떼굴 구르는 장면, 생각만으로도 정강이뼈가 아파 왔다.

두카티 스크램블러

"누나 SR400 보러가는 김에 카페레이서 끝판왕 하나 더 보시죠?"

같이 베스파 타는 동생 정운이가 url 주소를 보내왔다. 이탈리아 모터사이클 두카티 스크램블러(Ducati Scrambler). 일본 오토바이랑 다른 분위기가 느껴졌다. SR400이 아기자기하고 캐주얼한 클래식이라면 스크램블러(Scrambler)에서는 땀 흘리며 일하는 남자의 중후한 멋이 느껴졌다.

뭐지? 이 묘한 끌림은? 125cc 베스파만 타오던 내가 도전하기에는 한없이 높은 배기량이라 사실 보고만 말아야지 했는데, 판매자의 개러지에 들어서는 순간 내 마음은 여지없이 무너지고 말았다. 시동도 걸지 않은 채로 주차된 오토바이에게서 웅장함을 느꼈다.

'두~두둥' 시동이 걸렸고 그 박자에 맞춰 심장이 뛰었다.

"안녕? 형주! 오늘 날 좋지?"

스크램블러가 나에게 말을 걸어왔다. 뭐지? 이 두근거림은? 이 바이크를 타 보고 싶다는 용기가 생겼다. 스쿠터만 14년을 탔다. 매뉴얼 바이크는 운전면허시험장에서 1단으로 일주일 타 봤고, 기어 변속을 하다가 넘어진 경험밖에 없다. 그런 내가 겁 없이 800cc를 타고 싶다는 마음이 생겼다. 아니, 저 잘생긴 스크램블러를 갖고 싶다는 욕심이 생겼다.

내 마음을 먼저 읽은 건 남편이었다. 남편이 다가와 귓속말을 했다.

"야, 표정관리 좀 해라!"

내 입은 이미 귀에 걸려 있었다.

"저 네고는 하고 싶지 않습니다. 나름의 노력으로 튜닝을 했어요. 검색해서 찾아보시면 찾은 모델이랑 색상이랑 디테일한 것들이 다를 거예요. 스크램블러의 노란색이 싫어서 올블랙으로 싹 바꾸었습니다. 연료통 도색에서부터 시작해서 타이어, 엔진가드까지 제 스타일대로 바꿔 놓았습니다."

그의 말대로 'A to Z' 처음부터 끝까지 모든 것이 완벽하게 튜닝이 되어 있었다. 내가 할 일은 가지고 가서 구조 변경만 완료하면 될 것 같았다.

스크램블러 오너가 되고 두카티 카페방에 가입했다. 두카티 스크램블러 방에서 판매자 후앙님은 유명했다. 차와 오토바이에 관심이 많아서 늘 바이크 3대씩은 보유하고 자신의 취향대로 바이크 튜닝을 하고 9,000km 길들이기가 끝나며 판매하는 패턴을 가지고 있었다.

그런 그가 튜닝과 길들이기를 끝낸 스크램블러를 언제 팔지 다들 호시탐탐 노리고 있던 상황이었고, 팔렸다는 소식에 누가 가져갔는지 다들 궁금해 했다.

사실 두카티 스크램블러 방장님도 파주에서 게스트하우스 하는 여자 분이 가져갔다는 소식에 어떤 사람인지 호기심이 생겨서 쉼표를 직접 방문했다. 판매자 후앙님에 대해서는 방장님을 통해 들었다.

2018년 생일선물, 두카티 스크램블러는 이렇게 내 품으로 왔다. 세 남자의 공이 컸다. 추천해준 정운이, 점검해준 성필이 그리고 구매해준 남편, 이목수. 세 분 모두에게 감사하다. 나를 응원해주고 아껴주는 그들의 마음에 누가 되지 않으려면 다치지 않고 오래 즐기는 것이 제일 중요하다.

누나, 왜 기어를 안 바꿔요?

죽기 위해 타기 시작한 바이크가 나에게는 삶의 즐거움이 되었다. 14년 전 제주도에서 배운 50cc 스쿠터부터 시작하여 베스파까지 이동수단으로 스쿠터를 탔다. 파주 게스트하우스 쉼표 아래쪽으로 37번 국도가 내려다보인다. 이 길은 임진각 평화누리공원에서부터 노동당사까지 이어지는 길로 아스팔트가 아주 매끈하게 깔려 있다. 달리기 좋아하는 라이더들에게는 아우토반이라 불린다.

그 명성에 걸맞게 아침부터 밤늦게까지 많은 바이크들이 이 길을 따라 투어를 떠난다. 아메리칸, 레플리카, 투어링 등 다양한 종류의 바이크들이 주인과 함께 여행을 떠난다. 혼자서 떠나는 솔로투어부터 여럿이 함께 하는 단체드라이빙까지 방식도 제각각이다.

도로의 끝에서 배기음 소리가 나기 시작하면 나는 미어캣이 되어 소리의 진원지를 찾는다. 오토바이가 반대편 끝으로 사라질 때까지 눈을 떼지 못한다. 쉼표 게스트하우스 아래 도로에서 울려 퍼지는 배기음 소리는 내 마음에 불씨를 지폈다.

2종 소형 면허가 있으면 매뉴얼 바이크를 탈 수 있는지 알고 학원에 등록했다. 하지만, 학원에서 기어 변속과 코너링을 하는 법, 브레이크 잡는 법을 알려주지 않았다.

매뉴얼 바이크가 타고 싶어서 '죽지 않고 오토바이 타는 법'이라는 책을 구해서 읽었다. 이미 잘 타는 사람들을 위한 코너 진입 탈출에 관한 책이었다. 바이크도 없고 기술도 없는 나에겐 책이 도움이 되지 않았다. 스승이 필요했다. 바이크를 구해 주고 매뉴얼 타는 법을 가르쳐 줄 스승. 함께 베스파 타던 정운이에게 매달렸다.

정운이는 모태 라이더이다. 정운이의 아버지는 젊은 시절부터 오토바이를 탔고 더 거슬러 올라가면 아버지의 아버지, 즉 정운이 할아버지도 오토바이를 탔다. 어머니 역시 프로 텐더머다.

정운이가 가족과 함께 쉼표를 방문한 적이 있다. 정운이는 본인의 오토바이 '트라이엄프 바버'를, 아버지는 '혼다 골드윙'을 어머니를 뒤에 텐덤하고 왔었다.

그날 정운이 어머니를 통해 들은 이야기는 실로 어마어마했다. 정운이가 태어나기 전부터 가족의 이동 수단은 혼다 오토바이였다. 한번씩 온 가족이 외출할 때면 아버님 뒤에 어머니가 텐덤을 하고 그 사이에 어린 정운이와 누나가 함께 탔었다고 한다. 누나는 아버님 등에 업히고 정운이는 어머니가 앞쪽으로 안아서 떨어지지 않게 묶어서 탔다는 것이다. 그 이야기를 듣는 순간 정운이에게서 후광이 비쳤다. '스승님이시여! 여기에 계셨습니다.' 이보다 더 훌륭한 스승은 없을 것 같았다.

지금 타고 있는 800cc 두카티 스크램블러를 찾아 준 것도 정운이다. 매뉴얼 바이크에 자신이 없었던 나는 125cc부터 시작하여 서서히 cc를 올릴 생각이었는데 정운이는 달랐다. 125→300→600은 이중 지출이 심하다는 것이다. 그리고 내가 십여 년간 타온 스쿠터 실력이 있으니 미들급으로 시작해도 어렵지 않을 것이라고 용기를 주었다.

두카티 스크램블러는 강남에서 매매가 되었다. 매뉴얼 바이크를 운전하지 못하는 나를 대신하여 정운이가 파주까지 직접 몰고 와주었다.

스크램블러 입양 첫날부터 수업이 시작되었다. 쉼표 앞 100m 도로에서 N단, 1단, 2단, 3단 다시 3단, 2단, 1단, N단 연습을 무한 반복했다. 125cc 스쿠터랑 구조가 달랐다. 스쿠터는 왼손이 뒷 브레이크인데 매뉴얼 바이크는 클러치 레버다. 이 레버를 잡으면서 왼발을 까닥이며 단수를 올리고 내린다. 기어를 넣고 뺄 때는 스로틀과 브레이크를 이용하여 속도를 맞춘다.

키를 꼽고 스타트 버튼을 누른다. '지~이잉' 스크램블러의 심장이 켜진다. 브레이크와 클러치 레버를 잡고 1단을 넣는다. '철컥' 앞 쇼바가 울컥하며 앞으로 쏠린다.

이제는 튀어나갈 준비다. 스로틀을 감으며 클러치 레버를 놓는다. 순간 속도를 올리고 동시에 2단으로 기어를 넣는다. 속도를 빠르게 70까지 올려주며 3단을 넣고 스로틀을 쭈욱 당겨준다.

오토바이 동력을 얻는 단 몇 초 사이에 이 모든 걸 해야 된다. 속도에 맞는 기어비가 아니면 시동이 꺼지고 만다. 첫날은 이 훈련만 했다.

"잘 달리는 것보다 잘 서는 일이 어렵고 더 중요합니다. 이 기본 훈련이 언젠가 빛을 발할 날이 올 거예요."

정말 그랬다. 오토바이를 탈 때는 시선을 멀리하고 교통 상황을 보면서 흐름에 맞춰서 속도 조절을 해줘야 한다. 그때 기어 넣고 빼는 것이 익숙해져 있어야 빠른 속도 위에서 당황하지 않는다. 320kg 중량의 스크램블러를 내 몸처럼 다루려면 우선 속도부터 컨트롤해야 했다. 속도의 기본 기어 변속 연습부터 무한 반복했다.

다음 날 수업은 차가 다니는 도로로 나가기로 했다. 쉼표에서 임진각 평화누리공원으로 가는 길이다. 차로 가면 5분 거리로 아스팔트가 깨끗하게 깔려있고 차들이 많이 다니지 않는 길이다.

하지만 37번 국도로 합류하는 지점은 조심해야 한다. 덤프트럭과 자동차들이 시속 80~100km 이상 씽씽 다니는 길이라 나 역시도 그 속도에 맞추어 빠르게 진입해야 한다. 정운이가 베스파를 타고 로드에 서서 하나씩 코치해 주었다.

"누나! 왜 기어를 안 바꿔요?"

국도에 합류한 지 얼마 안 되어서 정운이가 소리쳤다.

"기어 바꿔! 기어! 기어!"

세나를 연결하지 않은 탓에 정운이가 나에게 도로에서 소리를 지르며 손을 위로 흔들었다.

"응? 속도를 올리라고?"

기어를 바꾸지 않은 채로 스쿠터 타듯이 스로틀만 당겼다. '우우우웅웅웅웅' 스크램블러가 굉음을 내었다. 정운이가 갓길에 오토바이를 세우고 뛰어왔다.

"누나 왜 기어를 안 바꿔요? 아니 20km 달리다가 90km 달리려면 그에 맞는 기어를 넣어줘야죠! N단에서 시동 걸고 스로틀 당겨서 속도 올리고 속도 붙으면 1단, 2단 착착 순식간에 3단까지 올리고 부아아앙 100km 넘어가면 4단, 5단, 고속 넘어가면 6단 가는 거예요. 연습한 대로 해보세요!"

무서워서 기어를 못 바꾸겠다고 변명을 했지만, 사실 진짜 무서웠다. 속도 위에서 무언가를 조작한다는 게 쉬운 일이 아니었다. 큰 용기가 필요했다. 자전거 단수도 제대로 바꾸지 못하는 나에게 오토바이는 더 힘들었다. 모든 순간의 처음은 힘들다. 나에겐 1단에서 2단, 2단에서 3단이 그랬다.

셋째 날은 어제와 같은 코스에서 N단부터 5단까지 속도 올리고 내리는 연습을 하였다.

"빨리 달리는 것보다 더 중요한 게 있어요. 뭔지 아세요?"

첫날과 같은 질문을 받았다. 그만큼 기어변속이 중요하다는 뜻일 거다.

"음~ 안 다치는 거?"
"맞아요! 그게 제일 중요합니다. 빨리 달리는 순간 속도를 확 줄여야 할 때 내가 원하는 만큼 속도를 줄일 수 있어야 해요. 도로의 흐름을 봐야 돼요! 시선 멀리하고 앞 차, 또 그 앞에 차, 신호까지 봐야 해요. 오늘은 시선과 함께 4단 5단 연습해 볼게요."

80~100km 속도에 적응이 되니 기어변속이 어렵게 느껴지지 않았다. 반복 연습으로 자신감이 조금 차오를 때쯤 임진각 평화누리 공원 마지막 신호에 걸렸다. 여기서는 더 갈 수 없어 유턴을 해야 한다. 3단에서 유턴을 하다가 스로틀을 당기지 않아서 시동이 꺼지고 말았다. 당황하니 기어변속이 되지 않는다. 시동을 끄고 바이크에서 내려 1차선부터 4차선까지 끌고 갓길로 나왔다. 정운이가 내려서 물었다.

"누나 힘이 있어야 오토바이가 앞으로 가잖아요! 근데 유턴할 거 생각하니까 스로틀을 못 돌리겠죠? 어떻게 해야 할까요?”

“응? 자전거는 페달을 힘차게 밟지! 몸을 좌로 살짝 눕히면서.”

“맞아요! 스로틀은 당기면서 기어 변속 그리고 살짝 눕히면서 원을 크게 돌아보세요! 시선은 가고자 하는 방향.”

머릿속으로 몇 번 실전을 돌려 보고 시도했다. 될 리가 만무했다. ‘오토바이는 실전인 것을……’ 크게 쪼그라든 간댕이는 펴질 줄을 몰랐다.

정운이가 집으로 돌아간 후 홀로 같은 코스를 더 연습했다. 계속 시동을 꺼트려 먹다가 몸에 익숙해지니 1단에서 유턴이 된다. 하지만 회전 반경이 너무 크다. 이걸 줄이려면 속도를 내면서 회전각을 줄여야 하는데…… 스로틀을 당기기가 두렵다. 차가 없는 곳으로 가서 유턴만 계속 연습했다. 타고난 바이크 신동이 아니라서 무한반복밖에 답이 없었다.

넷째 날부터는 정운이가 오지 않고 혼자 연습했다. 스승이 없다는 것은 큰 두려움이었지만 열심히 연습하는 방법밖에 없었다. 집 아래 37번 국도 양옆으로 일차선 일반 도로가 있다. 동네 사람들만 다니는 길이라 연습하기는 충분했다.

1단부터 5단까지 연습 후 조금 더 넓게 연습 코스를 잡아 보았다. 쉼표를 기준으로 좌우로 임진각 평화누리공원에서 전진대교까지 6.7km 구간이다. 혹시 모를 사고에 대비해 윗주머니에 남편 명함을 넣어두고, 핸드폰 암호를 풀고 최근 전화 통화도 남편으로 돌려

났다. 심호흡 후 다시 연습 시작.

어느 정도 연습을 거친 후에 37번 국도로 합류했다. 임진각 평화누리공원에서도 유턴 성공. 쉼표를 지나 전진대교 가는 쪽으로 유턴해야 한다. 1차선에서 유턴이 아니라 국도에서 오른쪽 도로로 내려와서 좌회전 곧바로 굴다리 진입, 다시 좌회전, 기어 바꿔서 오르막을 치고 올라오면서 다시 합류해야 하는 난코스다. 세 가지 조심해야 할 것이 있었다.

첫 번째는 오른쪽 도로로 내려갈 때 채석장에서 나오는 대형 덤프트럭을 조심해야 한다. 두 번째, 굴다리를 진입하면서 좌회전하여 오르막길에 오를 준비를 해야 한다. 세 번째는 짧은 오르막 코스에서 도로 위 80km와 같은 속도로 올리며 왼쪽에서 오는 차를 잘보고 합류해야 한다는 것이다.

굴다리 코스는 덤프트럭뿐만 아니라 탱크 사격장에서 전진대교 방향으로 나오는 탱크도 조심해야 한다. 아니나 다를까 굴다리 안에서 잘 빠져나왔다 싶었는데, 바로 좌회전하지 못하고 직진을 해버렸다. 바로 앞은 DMZ 안으로 들어가는 전진대교가 있다.

긴장한 탓에 시동이 꺼져버렸다. 황급히 N단에서 1단으로 돌린다. 출발을 위해 스로틀을 돌리는데 오토바이가 뒤로 밀린다. 아뿔싸, 오르막길이다. 뒤에는 채석장에서 돌을 가득 실은 덤프트럭이 줄지어 서기 시작했다. 고다이바('영국의 전설적인 백작부인'으로 두카티 애칭)는 초소 앞 군인들과 마주하고 서 있다.

정신을 가다듬고 N단에서 다시 시작한다. 1단 놓고 스로틀을 당기면서 출발. '어? 어?' 스로틀을 당기기도 전에 오토바이가 뒤로 밀린다. 아직 오르막길에서 시동 거는 법을 배우지 못했다. 다시 재도전 또 뒤로 밀린다.

오르막길에서는 앞브레이크를 잡는 것이 아니라 뒷브레이크를 밟아야 한다. 평지에 서있을 때는 바이크가 뒤로 밀리는 힘이 없지만 오르막길에서는 중력에 의해 오토바이가 뒤로 밀린다. 그래서 평지 출발과 오르막길 출발은 다르다. 뒷브레이크를 밟아서 오토바이가 뒤로 밀리는 것을 막는다. 자유로워진 오른손으로 스로틀을 당기면서 왼손과 왼발은 기어 변속을 해야 한다.

뒷브레이크 밟을 생각은 못하고 오른손으로 앞브레이크를 놓으면서 스로틀을 당기려 하니 될 리가 없다. 바이크는 뒤로 가고 놀란 마음에 브레이크를 또 잡고 '부웅 부웅 부웅' 개구리 점프하듯이 살짝 앞으로 갔다가 밀리고 앞으로 갔다가 밀리고를 반복했다.

초소 앞 군인들이 늘어나기 시작했다. 그들도 위급 상황임을 감지한 것 같았다. 처음엔 군인 한 명만 총을 메고 서 있었는데, 자신들을 향해 굉음을 내며 전진해 오는 한 라이더를 발견하고는 초소 안에서 한 명씩 한 명씩 나오기 시작했다. 다리가 후들거리기 시작했다. 뒤에는 덤프트럭, 앞에는 총 든 군인. 보는 눈들은 늘어나는데 아무도 도와주지 않았다.

'할 수 있어! 할 수 있어!' 주문을 외며 다시 시도했다. 그렇게 열 번 모두 실패했다. 원리를 모르니 나아갈 턱이 없었다. 내려서 끌고 가는 것은 더 위험하다. 이미 무게 중심이 아래로 쏠리고 있어서 나의 힘으로는 320kg+중력을 이길 수가 없다.

용기를 쥐어 짜내어서 스로틀을 끝까지 돌렸다. '부아아앙' 순식간에 전진대교 초입까지 가 버렸다. 분명 앞바퀴도 들렸을 것이다. 군인들의 '워어어어' 하는 굵직한 함성소리가 들렸다. 앞뒤로 박수소리 같은 것도 들린 것 같다. 의도하지 않았지만 윌리를 해 버린 것이다.

나는 순식간에 초소 앞까지 와 버렸다. 헬멧 안에서 울고 있었다.

"어떻게 오셨습니까?"

이쯤 되자 군인 간부가 다가와 물었다.

"죄송합니다. 제가 오토바이 배운지 오늘 4일차인데 초보라 좌회전 우회전이 좀 어려워서요. 길을 잘못 들었어요. 다시 유턴해서 나갈게요."

뒤에 줄 서 있던 덤프트럭들은 좌회전해서 빠져나갔고 나도 가파르지 않은 곳을 찾아 오토바이를 세우고 바로 유턴했다. 헬멧을 쓰고 있었지만 보이지 않는 시선들에 뒤통수가 따가웠다. 스크램블러를 돌려세우니 내리막길이다. 제대로 숨 돌릴 틈도 없이 시동을 걸고 그 구간을 탈출했다.

'오르막 대 탈출극' 스토리를 들은 정운이의 특훈이 매주 월요일마다 이어졌다. 파주에서 가까운 연천, 포천, 철원 점점 더 거리를 늘려서 강화도와 춘천을 다녔다. 아침 일찍 나가서 점심 먹고 저녁에 들어오는 코스로 한 번 나가면 평균 300km씩은 달렸다.

매주 수요일은 혼자 탔다. 남양주 정비 배우러 가는 날이라 스크램블러를 타고 명진오토바이까지 갔다. 당시 나의 목표는 하나였다. '혼자 속초까지 갈 수 있을 만큼의 실력을 쌓자!'

월요일에 정운이가 앞에서 로드를 봐 줄때는 엄청 든든했지만, 수요일에 혼자 탈 때는 많이 불안했다. 그 불안은 달릴 때 여지없이 드러났다. 출발이 느렸고 코너에서는 속도를 유지하지 못하고 경사를 만나면 긴장감이 몰려왔다. 속도에 따른 기어 변속감이 없었다. 그 실력으로 솔투를 하였으니 긴장된 순간은 매번 찾아왔다.

한번은 춘천 가던 길 경사가 가파른 180도 회전도로에서 기어 단수를 제때 바꾸지 못해 시동이 꺼졌다. 뒤에 차가 따라오고 있었다면 오토바이가 후진하며 뒤따라오는 차를 들이박는 상황이 연출되었을 것이다. 겁 없이 내린 탓에 오토바이는 다시 올라탈 생각도 못했고 뒤로 미끄러지지 않으려 오른쪽 브레이크만 잡고 이러지도 저러지도 못하고 있었다.

손을 쓸 수 없어 112나 119에 신고도 못 하고 그렇게 대치하기를 몇 분. 내려가는 차든 올라오는 차든 누군가 나를 발견하고 도와주기를 바라는 마음까지 들었다. 도로 한복판에 계속 서 있기에는 힘이 계속 빠졌다. 너무 위험한 상황이라 계속 그러고 있을 수 없어서 있는 힘을 다해 반대편 도로 수평을 찾아 고다이바를 끌고 도로에서 나왔다.

지금 다시 생각해도 아찔한 상황이었다. 경사도에 대한 경험이 없어서 벌어졌던 상황이다. 이래서 초보 시절에는 혼자 다니면 안 된다는 것이었구나 깊이 깨달았다.

바이크 스승 정운이 앞에서 바이크를 잘 타고 싶다며 울었던 기억이 난다. 대답은 확고했다.

"잘 타고 싶으면 울지 말고 더 타세요!"

스승의 말이 맞다.

그렇게 일 년의 시간 동안 부지런히 탔다. 그 시간 안에서 돌발 상황은 계속 일어났고 수많은 언덕과 시동 꺼짐을 반복하며 위험에 대응하는 법을 익혀 나갔다.

2018년 3월 생일선물로 받았던 고다이바의 미터기는 현재 24,000km 점검을 앞두고 있다. 그 사이 경기도를 벗어나 강원도 경상도 제주도를 다녀왔다. 속도는 더뎠지만 노력은 땀 흘린 시간을 배신하지 않는다. 스승의 칭찬은 짧았지만 내가 느끼고 있었다. 어제의 나보다 나아지고 있는 나를.

오토바이를 익숙해질 만큼 탄 요즘도 여전히 오르막을 만나면 왠지 모를 긴장감이 밀려온다. 스승의 칭찬이 인색한 것도 '자만하지 말라!'는 경고로 알고 있다.

오토바이에서 제일 위험한 것은 '나 좀 탄다!'라는 자만이다. 자만은 속도를 올리고 내가 세상에서 제일 빠른 오토바이가 된 것처럼 달리게 만든다. 하지만 진짜 실력은 200km의 시속으로 달리는 것이 아니라 세워야 할 때 아무도 다치지 않고 정지하는 것이다. 도로의 흐름을 보는 눈. 나와 함께 달리는 모든 것들의 속도를 계산하며 어울려 달려야 한다. 누군가는 개똥철학이라 할 수도 있겠지만 내가 일 년간 타면서 얻은 가장 중요한 지혜다.

두카티 스크램블러
제주도 투어 2018

　한국에 진출한 모터사이클 브랜드가 많다. 각 브랜드 별로 오너들을 위한 많은 행사가 매년 열린다. 내가 타는 고다이바는 이탈리아 출신 두카티 스크램블러다. 2018년 가을 고객들을 위해 제주도 투어가 있다는 공지가 떴고 반신반의하며 신청을 했는데 당첨이 되었다. 참가비 20만 원을 내면 제주도로 바이크 탁송 및 2박 3일 호텔 숙박과 조석식이 제공된다. 편하게 비행기 타고 내려가서 키 받고 제주도 투어를 즐기면 된다. 남편에게 이벤트 당첨 소식을 전했다.

　각자의 취미 생활을 문제 삼지 않는 우리였기에 남편은 시원하게 잘 다녀오라고 허락해 주었다. 제주도 투어는 2박 3일이었지만, 나는 하루 더 일찍 내려가서 솔투를 다닐 계획을 세웠다.
　'쉼표'를 비운 3박 4일 동안 나를 대신할 호스트를 구했다. 매번 남편, 이목수와 내가 여행을 갈 때마다 '쉼표'를 다녀간 게스트 중에서 지원자를 받는다. 2대 호스트 소현 씨의 친구, 희국 씨가 나 없는 동안 닭들과 로빈, 준희를 케어해주기로 했다. 제주도를 떠날 준비가 반은 된 것 같았다. 인수인계 후 마음 편히 비행기에 올랐다.

하늘에서 내려다 본 제주도가 잔뜩 흐리다. 불안한 마음으로 출국장을 나왔는데 아니나 다를까 비가 한참 동안 내렸다. 바닥을 보니 새벽부터 비가 내린 것 같다. 고다이바도 새벽에 배로 도착해서 용두암 호텔에 도착해 있었다.

호텔까지는 택시로 이동했다. 기사님이 손에 들고 있는 헬멧 가방을 보고는 오토바이를 타러 왔냐고 물으셨다. 제주도 날씨는 아무도 모른다며 기상청에서는 비 온다고 하지만 애월은 비가 안 오고, 월정리 쪽은 아침부터 비가 내렸고, 서귀포는 해가 떠 있다며 오늘의 제주도 날씨를 알려줬다. 오락가락하는 제주도 하늘을 올려다보며 '렌트를 할까?' 마음이 흔들렸다.

오토바이 타다 죽으려고 왔던 14년 전이 생각이 났다. 그때는 비가 이것보다 한참 더 내렸는데 편의점에서 산 '저렴이 비옷'이 찢어져서 속옷이 다 젖어 버릴 때까지 비와 바람을 맞으며 탔다.

생각이 거기까지 미치니 이 정도 비에 못 탈 것도 없겠다 싶었다. 14년 전 그날보다 비가 덜 왔고, 훨씬 튼튼한 100% 나일론 비옷에 ABS 장착된 고다이바가 있었다. 망설일 필요 없이 키를 받았다.

첫날은 '제주맥주 브루어리 투어'를 할 생각이었다. 제주맥주가 위치한 금릉으로 바이크를 몰고 갔다. 비가 올 듯 말 듯 하더니 애월을 지나면서부터 툭툭 한 방울씩 떨어지기 시작했다. 얼마 가지 않아서 차를 세우고 우비를 입어야 할 만큼 빗방울이 굵어졌다.

우비 상의를 입었다. 조금 못 가서 비가 더 세차게 내렸다. 편의점에 오토바이를 주차하고 비옷 하의를 꺼내었다. '숙소를 먼저 잡을까?' 고민하다가 게스트하우스 입실 시간까지는 아직 한참 남아서 제주맥주로 향했다.

퍼붓는 비로 속도를 내지 못하고 천천히 왔지만, 도착하니 아직 오픈 시간이 30분이나 남았다. 다른 곳으로 가기엔 밖에는 많은 비가 내리고 카페를 간다고 해도 이 몰골로 커피를 마시기엔 미안한 상황이었다.

비옷을 입고 입구에 서 있으니 직원들이 택배기사인 줄 알았던 모양이다. 문을 열고 어떻게 왔냐고 물었다. 관람객인데 시간보다 일찍 도착했다고 하니 비 맞고 서 있는 모습이 안쓰러웠던 모양이다. 먼저 들어와서 몸 좀 말리고 시간 되면 구경하라며 난로 앞자리를 내주었다. 화장실에서 물기를 닦고 난로 앞에 앉으니 내 온몸에서 잠재된 수증기를 뿜어내듯 김이 났다.

비가 그치기를 기다리며 제주맥주에서 제일 가까운 게스트하우스를 찾았다. '금릉 603 게스트하우스' 예약을 완료하고 비가 좀 잦아들면 숙소로 입실하기로 했다. 12시에 제주맥주에 들어왔는데 시계를 보니 3시다. 그 시간이 되도록 비는 그칠 기미가 보이지 않았다. 곧 오토바이를 타야 해서 좋아하는 맥주도 못 마시고 참고 있었다. 숙소에 가서 오토바이 주차를 하고 몸도 씻고 다시 와야겠다 생각하고 게스트하우스로 출발했다.

금릉 603까지는 오토바이로 5분밖에 걸리지 않았다. 문을 두드렸는데 호스트가 없었다. 오늘 입실 손님도 나 혼자. 주인은 통화로 이런저런 시설 안내를 해주고 자신은 밤에 들어온다며 편하게 쉬고 있으라고 했다. 내일부터 본격적으로 제주도 투어가 시작된다.

비에 젖은 신발과 장갑을 말리는 일이 시급했다. 게스트하우스에 다른 숙박객이 없는 것이 나에게는 오히려 다행이었다. 짐을 풀고 비에 젖은 옷가지들을 여기저기 널어 말렸다.

깔끔하게 새 단장 후 브루어리 투어 예약시간에 맞춰 택시를 불렀다. '두 바퀴로 그리는 맥주 일기'라는 책이 있다. 책의 저자는 자신의 자전거를 타고 유럽과 미국의 브루어리를 다니며 맥주 시식을 한다. 그 책을 읽고 나도 언젠가는 내 오토바이를 타고 세계 브루어리를 다니고 싶다는 생각을 했다.

다행히도 대한민국에 수제 맥주 바람이 불어서 전국 곳곳에 브루어리들이 속속 생겨나기 시작했다. 세계 브루어리 정복은 힘들더라고 전국 브루어리 투어를 내 계획서에 넣어 보았다.

이런 나에게 제주도 투어에서 일순위로 가보고 싶은 곳은 당연 제주맥주였다. 육지에서부터 벌써 브루어리 투어 신청을 마쳐 둔 상황. 제주맥주는 뉴욕의 브루클린 브루어리에서 자본을 투자해서 만든 브랜드다. 세계 굴지의 양조장이 대한민국 제주도를 선택했을 때 의아했다. 서울이 아니라 제주도? 막상 와서 직접 보니 그 이유를 알게 되었다.

맥주는 우리나라의 막걸리처럼 로컬문화가 짙은 술이다. 어느 나라건 그 지역을 대표하는 시그니처 맥주가 있다. 그런 면에서 서울보다 제주도가 지역색을 내기에 더 유리했을지 모른다.

내가 방문했을 때는 '제주 위트 에일'이 출시되어 제주도 내에서는 유통되고 있었고 곧 런칭할 브랜드라며 '제주 펠롱 에일'을 시음하고 있었다. 위트 에일은 귤껍질을 갈아 넣어서 시트러스한 맛이 났다. 호가든의 오렌지 귤껍질과는 또 다른 맛인데 내 입에는 호가든보다 위트 에일이 훨씬 신선하게 느껴졌다.

뒤이어 나온 펠롱 에일은 편의점에 판다면 오늘 밤 당장 게스트하우스에 사 가지고 들어가고 싶을 만큼 맛있었다. '펠롱'은 제주도 방언 '반짝이다.'라는 뜻이다. 지역색을 잘 녹여 내는 맥주가 한국에도 탄생해서 기뻤다.

브루클린이 제주가 아닌 서울 맥주 브랜드를 만들었다면 서울의 색은 어떻게 만들었을지 궁금했다. 곧이어 브루어리 투어가 시작되었다. 맥주를 만드는 방법, 역사, 재료와 공정 설명이 이어졌다. 가이드가 내는 문제를 맞히면 무료 시음권도 주었다.

투어를 마치고 나오니 저녁 7시. 평일은 8시에 문을 닫으니 시음권을 빨리 이용하라고 가이드가 귀띔을 해줬다. 앗, 코가 비뚤어지게 마시려고 일부러 마지막 투어를 잡았는데 마감 시간을 잘못 봤다. 좋아하는 맥주는 더 마시지 못하고 내일을 위해 일찍 귀가했다.

미리 와서 실컷 제주도를 돌아보고 싶었는데 제대로 누리지 못했다. 나머지 일정도 비 때문에 이런 꼴이 될까봐 걱정이었다. 내일은 해가 쨍쨍하게 떠 주길 바라며 게스트하우스에서 잠을 청했다.

다음 날 아침 하늘이 흐렸다. 밤새 창문이 깨지면 어쩌나 두려울 만큼 바람이 요란한 바람이 불었다. 일어나자마자 고다이바 점검을 위해 나섰다. 밤사이 거센 바람에도 끄덕하지 않고 잘 버텨 주었다. 사실 넘어져 있을까봐 마음을 엄청 졸였다.

오늘부터 두카티 스크램블러 제주 투어가 시작된다. 용두암에 위치한 호텔에서 오후 2시 집결이라 오전 시간에 성이시돌 목장을 올라 보기로 했다. 금릉 중산간 쪽으로 올라가는 길 다행이 구름들 사이로 햇빛이 나오고 있었다. 바람도 살랑살랑 불고 그 바람에 억새가 흔들렸다. 그 길을 고다이바를 타고 달리고 있다고 생각하니 벅차올랐다. '지금 이 순간 나는 세상에서 제일 행복한 사람이다!'라는 확신이 들었다.

2시, 집결지인 오션스위츠 호텔에 도착했다. 20명의 두카티스트들과 10여 명의 직원이 모였다. 호텔 체크인과 인원 점검을 마치고 단체 투어에 대한 브리핑이 있었다. 용두암에서 김녕항까지 두 개의 조로 나뉘어 이동 개인 프로필 촬영 후 자유투어, 그리고 다 함께 저녁을 먹는 일정이다.

내가 속한 조는 1조, 일전에 쉼표를 찾아오셨던 두스크 방장님과 같은 조가 되었다. 혼자 와서 낯설고 뻘쭘했는데 많은 챙김을 받았다. 그리고 여자 라이더가 한 명 더 있었다. 룸메이트 묘진이. 두카티 스크램블러 여자 라이더를 처음 만나는 거라 엄청 반가웠다. 게다가 동갑이어서 우리는 더 빨리 친해졌다.

　조별로 대형을 이루어 김녕항으로 이동했다. 아무래도 줄이 길면 사고의 위험이 높아지기 때문에 두개 조로 나뉘어 이동하는 듯했다. 선두에 두카티 직원, 텐더머 커플 2팀, 묘진이, 나, 뒤이어 방장 피보님 순으로 달렸다.

　김녕항에서는 개인 프로필 촬영이 있었다. 전문 사진 기자가 동행해서 사진을 찍어 주었는데 인생샷을 엄청 많이 건졌다. 한 명씩 촬영이 진행되어 시간이 꽤 지체되었다.

　촬영을 기다리며 인사를 나누었다. 우리 조에는 커플 2팀과 묘진이 나, 두스크 방장인 피보 님과 대구에서 온 막내 재영이 그리고 파일럿 허승 님과 정캡틴 님, 공이 님이 있었다. 회식 자리에서 알게 되었지만 묘진이는 원래 자전거 레이싱 선수였고 부상으로 자전거 타는 일은 그만두고 심판 일을 하고 있다고 했다. 이미 그쪽에서는 꽤 유명한 선수였다.

　개인 프로필 촬영이 끝난 후 우리 조는 자유투어 없이 다 함께 표선 비치로 이동했다. 길어진 촬영 탓에 어디 가기가 어중간한 시간이 되어버렸다. 저녁 식사 시간까지 맞춰서 복귀하려면 제일 멀리 갈 수 있는 곳이 표선이었다.

　이유 없이 달렸다. 달리니까 또 좋았다. 지는 노을을 등에 지고 달리는 모습이 장관이었다. 그날의 우리는 러시아를 향하는 기러기 떼 같았다. 로드를 필두로 대형을 이루면서 붉은 하늘을 달리는 모

습이 저녁 노을을 등에 지고 길 찾아 떠나는 철새 떼 같았다.

표선에서 찍은 그 유명한 두카티 스크램블러의 단체샷. 석양을 등지고 각자 바이크 위에 올라 찍은 사진은 오랜 시간 내 블로그 상단을 차지하고 있었다. 단지 이 사진 한 컷 때문에 여기까지 달려왔지만, 우리가 뭐 이유가 있어서 달리나? 달리고 싶어서 달리지!

단체 사진 후 자유 복귀, 해가 떨어지고 어두워진 후라 떼 드라이빙이 어려울 것 같아서 내린 결정이다. T-map에 목적지를 찍고 신나게 달려 복귀했다.

두카티에서 숙박으로 잡은 호텔은 너무 훌륭했다. 2인 1실이어서 원룸일 줄 알았는데 큰 방과 작은 방으로 나뉘어 있고, 슈퍼 싱글 침대 두 개가 넓게 배치되어 있었다. 샤워 후 다 함께 모인 곳으로 향했다.

첫날 저녁은 제주 흑돼지 삼겹살집이었다. 매순간 느꼈지만 두카티 타길 잘했다는 생각이 직원들과 저녁을 함께 먹으며 더 확실해졌다. 한 분 한 분이 다 훌륭했다. 특히 본부장님은 두카티가 아니더라도 오래 두고 함께 하고 싶은 라이더 브라더로 느껴졌다.

둘째 날 아침식사 후 일정은 자유 투어였다. 나는 직원들과 함께 투어하기로 했다. 제주도를 여러 번 왔지만 오토바이로 갈 수 있는 구석구석의 길은 잘 모른다. 이륜차 전용 도로를 찍어도 해안도로 찾기는 매번 어려워서 답사를 다녀온 직원들 틈에 끼기로 했다. 코스는 1100고지→산굼부리→성산 일출봉→프로필 촬영→자유투어,

일정은 이러했다.

우리 조에 사진작가님도 함께 해서 또 일생에 남을 사진 여러 장을 찍었다. 특히 성산 일출봉은 감회가 새로웠다. 14년 전 벼랑 끝으로 뛰어들던 그날 밤이 몸에 각인이 되어 있었다.

행렬을 따라 성산 일출봉으로 진입하니 그날의 세포가 다시 깨어나는 듯했다. '그래 이 길로 들어왔지? 저 고개를 넘어 들어갔어. 뛰어내린 곳이 저긴 거 같은데……' 잠시 14년 전 추억 속으로 빨려 들어갔었다.

이내 점심으로 나온 해물탕에 허기를 달래다 보니 추억도 서서히 잊혀져 갔다. 식사 후 포토존으로 이동해서 프로필 사진을 이어갔다. 제주도는 많이 안다고 생각했는데 두카티에서 찾은 촬영 명소를 보고 또 한 번 놀랐다. 성산 일출봉이 병풍처럼 배경이 되고, 그 앞으로 바다 그 앞에 두카티 스크램블러, 그 앞에 나의 프로필 촬영, 진짜 너무 기뻐서 팔짝팔짝 뛰면서 찍었다. 어느 순간도 놓치지 않고 카메라에 담아준 작가님께 지금도 감사를 표하고 싶다.

점심식사 후 각자 자유투어 시간이 돌아왔다. 혼자 돌기는 적적해서 같은 조 허승 님과 함께 달려도 되는지 여쭤보았다. 허승 님은 일전에 파주 게스트하우스 쉼표에 숙박하려다가 일정이 맞지 않아 두 번이나 숙박을 패스한 적이 있다. 알고 보니 직업이 파일럿. 비행 일정이 자꾸 꼬여서 숙박을 못 하셨다고 했다. 쉼표에서 쉬면서 맥주도 담고 싶고 포크 페스티벌에서 함께 놀고 싶었는데 그러지 못해 아쉬웠다고 하셨다.

그런 허승 님은 혼자가 아니었다. 고등학교 후배, 정캡틴 님과 오셨다. 그 역시 파일럿. 허승 형님을 너무 존경해서 자신도 그 길을 따라 걷게 되었다고 소개했다.

오토바이 경력은 정캡틴 님이 선배인데 당시에는 흔하지 않은 카페레이서를 타고 계셨다. 이번엔 형님이 동생의 취미를 동경하여 동생의 도움으로 두카티 스크램블러를 입양했다고 하셨다. 두 분의 끈끈한 우정이 느껴졌다.

두 사람과 함께 자유투어 하길 잘했다는 생각이 들었다. 두 사람은 비행을 하며 제주도에 출장 올 때마다 이곳 개러지에 바이크를 주차해 놓고 자신들만 아는 제주도의 숨은 명소를 찾아다니는 것이 버킷리스트라고 했다.

허승 님과 정캡틴 님 그리고 나는 성산 일출봉에서부터 제주 테라로사가 있는 쇠소깍을 목적지로 달렸다. 그런데 혼자 달릴 때 큰 도로를 달렸다면 두 분과 함께 달리면서는 이름 모를 해변도로와 구석구석 시골길을 달렸다. 정말 두 분만이 알고 있는 길인 것 같았다. 제주도에 개러지를 두고 싶다는 것이 왜 버킷리스트인지 알 것 같았다.

바다, 해안도로, 바람, 햇빛, 그리고 그 위에 실린 냄새까지 달리기에 모든 것이 완벽했다. 제주도는 여러 번 방문했지만 쇠소깍 안쪽 길까지 들어오기는 처음이었다. 그리고 사진으로만 보던 제주도 테라로사는 더 감동이었다. 강릉의 테라로사가 제주도에 오니 이런 모습이 되는구나를 느꼈다. 귤밭에 커피집이라니…….

허승 님이 추천한 커피와 빵을 먹으며 라이딩 이야기를 이어갔다.

바이크 메이트가 있는 라이더를 보면 참 부럽다. 허승 님은 정캡틴 님이, 정캡틴 님은 허승 님이 그런 존재라며 서로 존중하는 모습을 보여주었다. 오래된 사이, 그건 나에겐 부러운 일이었다. 평생 함께 할 취미를 가진 친구란, 삶이 아름답다는 명제의 종지부가 아닐까?

제주도에서의 마지막 밤이라 두카티 본사에서 회식 자리를 마련해 주었다. 이번엔 용두암 쪽의 횟집이었다. 쉬지 않고 나오는 코스 요리에 배가 터질 만큼 해산물을 먹었다. 몇 번의 식사 시간이 있었지만 마지막 날 저녁 식사에서 처음 뵙는 분도 계셨다. 두카티 타길 잘했다는 생각이 많이 들었다.

2018 스크램블러 제주도 투어의 캐치프라이즈는 'Make your own journey'다. 이번 여행이 나 다울 수 있도록 보이지 않은 곳에서 최선을 다한 사람들이 있었다면, 바로 두카티 직원 분들이다. 제주도 떠나기 전 여행을 준비하는 순간부터 오로지 나에게만 집중할 수 있도록 배려해준 직원들의 헌신이 있었기에 남형주다운 여행을 즐길 수 있었다. 마지막 날이 되니 스크램블러 오너로서 브랜드 만족도가 솟구쳤다.

마지막 날 아침 식사 후 함께 달렸던 분들에게 파주 게스트하우스 '쉼표' 숙박권을 선물로 드렸다. 다시 뵙고 싶은 마음이 제일 컸다. 고다이바는 내려올 때와 마찬가지로 두카티 측에서 서울 본사까지 탁송을 해주었다. 나는 편하게 비행기를 타고 복귀하면 되었다.

3박 4일 여행 초반에 비가 와서 좀 고생했지만 행복한 시간이었다.

평생 가져갈 아름다운 추억을 또 하나 만들었다. 나에게 제주도란 죽으려고 바이크를 타러 왔다가 바이크의 즐거움을 깨달은 곳이었다.

이번 제주도 투어는 그때와 상황이 많이 달랐다. 한 남자 때문에 죽으려고 했는데 그 남자와 결혼을 했고, 그 남자가 선물한 오토바이를 타고 제주도를 다시 방문한 것이다. 50cc였던 스쿠터는 800cc로 용량을 키웠고 그 크기만큼 내 마음 그릇도 커졌다. 제주도를 그리워할 또 한순간을 쌓았다. 살아가는 순간마다 제주도에서 보낸 이 시간을 그리워하며 살 것 같다.

10년 전 그 남자를 다시 만난 이야기

결혼을 관두자는 그의 말에 한참의 시간을 허우적거렸다. 마음속에서 그의 흔적을 없애기까지는 오랜 시간이 걸렸다. 지워졌다고 해도 하나 둘 흔적은 희미하게 떠오른다. 우리가 헤어질 때 태어난 조카가 다섯 살이 되는 동안 그 흔적이 조금씩 사라지는 것 같았다.

평온한 일상을 지내던 어느 날 전화 한 통이 걸려왔다. 그의 번호였다. 다 잊었다고 생각했는데 휴대폰 창 위로 떠오른, 나와 끝자리가 같은 번호를 보는데 수많은 기억들이 밀려왔다.

'받아야 하나? 말아야 하나?' 남아 있지 않다고 생각한 눈물이 마구 솟구쳤다. 울면서 받기를 망설이며 휴대폰을 꽉 쥐고 있는 내 손은 떨고 있었다. 머리는 '받으면 안돼!'라고 소리치는 듯 했다.

그러나 확인해보고 싶었다. 나에게 전화를 한 게 맞는 것인지, 혹시 주머니 속에서 휴대전화 단축번호가 잘못 눌러진 것인지, 내 번호가 아직 0번인지……. 무엇보다 그가 어떻게 살고 있는지 궁금했다.

"어떻게 지내노?"

용기를 내어 전화를 받았고 우리는 한참 이야기를 나누었다. 무슨 말을 하고 있는 건지 이 말을 해도 되는지 안 되는지 경계 없는 대화가 오고갔다.

"이번 주 금요일에 만날래?"

전화를 끊고 나서야 그와 만나기로 한 것이 기억이 났다. 이번 주 금요일. 5일이 이렇게 긴 시간이었나. 내 인생 최고로 느리게 흘러간 시간을 경험했다.

회사 앞에서 그를 만났다. 5년 전 헤어질 때와 마찬가지로 여전히 그는 멋졌다. 그 멋진 모습에 왠지 모르게 지고 싶지 않았다. 그를 깨끗이 정리했다는 생각이 거짓말이었을지도 모른다고 생각했다.
한껏 꾸미고 나의 오토바이, 제파를 타고 약속 장소로 나갔다. 새빨간 스쿠터에 하이힐 그리고 정장이라니, 커리어우먼으로 보이고 싶었던 모양이다.
커피 한 잔 하자던 자리는 꽤 길어졌다. 그날 이후로 안부 정도는 묻고 지내는 사이가 되었다. 나의 연애 상담과 그가 선을 봤던 이야기들을 편하게 나누며 헤어진 날들의 상처를 치유해가고 있었다.
그러던 어느 날 교통사고가 났다. 내 오토바이 제파와 퀵 오토바이가 부딪쳤다. 출근길 삼거리에서 나는 신호를 기다리고 있었다.

파란불로 바뀌는 것을 확인하고 진행 방향으로 직진을 했다. 순간 왼쪽 도로 황색 불 신호에서 속도를 내고 오던 퀵 오토바이와 부딪혔다.

제파와 나는 함께 넘어졌고, 퀵 오토바이는 내가 넘어지는 것을 보고도 그냥 가버렸다. 뺑소니 사고였다. 그 사고로 나는 갈비뼈에 금이 갔고 제파는 수리 센터에 맡겨졌다.

긴 병원 생활이 불가피했다. 자연스럽게 회사는 퇴사 처리가 되었다. 엎어진 김에 쉬어가자는 맘으로 한 달 동안 병원에서 치료를 받기로 했다.

입원 얼마 후 집주인의 전화를 받았다. 내가 살던 재개발 아파트는 2년 임대 기간에 상관없이 주인이 원하는 날 집을 빼겠다는 계약이 되어 있었다. 한 달의 시간을 줄 테니 나가달라는 연락이었다.

그날 교통사고가 나지 않았더라면, 병원에 입원하지 않았더라면, 직장이 있었더라면 쉽게 해결된 일이었는데 갈비뼈에 금이 가고 손발이 묶여 있는 상황에서 나는 막막했다.

퇴원과 함께 약속된 날은 다가오고 막막해하고 있는 가운데 그에게서 안부전화가 왔다. 이런저런 넋두리에 그는 선뜻 그의 방 한 켠을 내어주었다. 거센 비를 맞고 혼자 서 있는데 누군가 큰 우산을 씌워주는 기분이었다.

나의 짐과 제파가 나보다 먼저 그의 아파트로 입주했고, 몇 주 후 퇴원과 함께 나도 그의 집으로 스며들었다. 그렇게 뜻밖의 동거가 시작되었다. 우리는 서로의 연애 실패담 따위를 공유하며 남매처럼 한 집에서 살고자 했다.

"별 일 없이 살자!"

동거 여섯 달째. 그는 나에게 이렇게 청혼을 해 왔다. 나와의 결혼이 자신 없다던 그는 이제 자신이 생긴 것일까? 그에게 생긴 자신은 '결혼'에 대한 것이었을까? 아니면 '나'에 대한 자신인 걸까? 결혼할 때 가지는 남자의 책임감은 이렇게 무거운 것이었을까? 아니면 그때는 때가 아니었던 걸까? 우리는 5년 전 멈췄던 결혼의 다음 절차를 밟아가고 있었다.

그렇게 우리는 십 년째 부부로 살고 있다.

꽃보다 당신

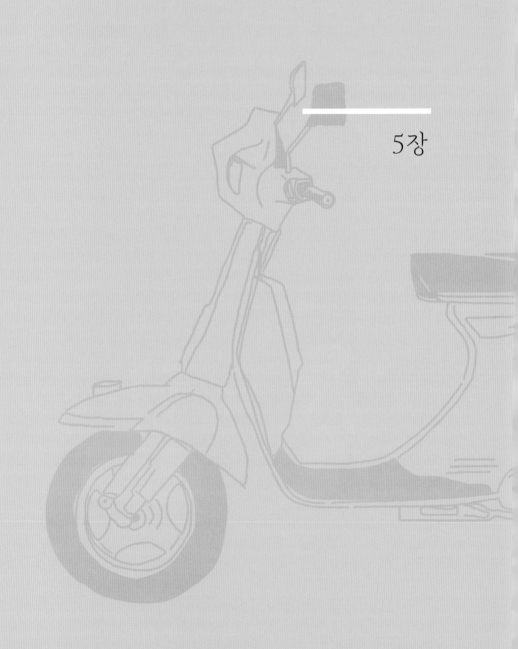

5장

라이더로
성장해가다

파주 스피드파크 라이딩스쿨

　매주 수요일, 남양주 '명진오토바이' 출근길에는 주로 고다이바를 타고 이동한다. 하루는 일을 마치고 돌아오는 길 커브에서 속도를 제어하지 못해 가드레일을 들이박을 뻔했다. 스쿠터 타던 버릇이 쉽게 고쳐지지 않았다.

　위급 상황이 오니 오른손, 왼손 레버를 꽉 잡게 되었다. 울컥 ABS가 터지면서 겨우 브레이크를 잡았다. 너무 빠른 속도로 코너 진입을 했고 속도만큼 오토바이를 기울여 빠져나와야 하는데 실력이 따라주질 않았다.

　'와~ 죽을 뻔했네!' 패닉 속에 며칠을 헤어 나오지 못했다. 코너에 대한 두려움이 생기니 투어 때마다 앞사람과 간격이 벌어졌다. 코너 극복을 위해 쉼표 근처, 파주 스피드파크, 라이딩스쿨을 찾았다.

　두 번째 방문이었다. 첫 수업은 KR 모터스 이륜차 정비과정을 마치고 매뉴얼 바이크 사겠다고 한참 돈 모을 때였다. 파주 라이딩스

쿨은 4단계로 수업이 세분화 되어 있다. 입문자를 위한 1차 교육, 기본 수준인 2차 교육, 상급자를 위한 종합과 심화 교육이다. 초보자 코스가 있었지만 나보다 더한 초보는 없을 것 같았다. 선생님께 요청한 것이 '시동 거는 것부터 가르쳐달라.'였으니……

이곳은 모터사이클을 어느 정도 타는 친구들이 좀 더 빨리 달리고자 기술을 연마하러 오는 곳이다. 대표 김우정 선생님 역시 가와사키 성북 현역 레이싱 선수다. 선생님은 시동부터 알려 달라는 나의 요청에 '그런 건 돈 아까우니 혼자 연습하시고요. 우리는 3단부터 시작합시다.'라며 수업을 시작했다.

나 말고도 여자 라이더가 두 명 더 있었다. 두카티 스크램블러 타는 지은이 언니와 야마하 mt03 타는 유정 언니다. 두 분 다 수업 목적이 코너의 두려움을 극복하기 위해서라고 했다.

수업은 자연스럽게 APEX(코너링 시 코너의 정점, 감속을 마치고 가속하는 포인트 지점을 뜻함) 설정 및 그에 따른 속도 조절과 안정적인 회전 반경에 초점이 맞춰졌다.

당시 나는 2종 소형 면허 학원에서 일주일 매뉴얼 타본 경험밖에 없었다. 선생님이 칠판에 써 놓은 APEX니, 이륜차의 한계점, 선회 반경 같은 이야기들이 몸을 통해 얻은 경험들이 아니었기에 설명이 와 닿지 않았다.

실전에서도 기어를 3단에 넣고 자전거 타듯 달렸다. 그러니 자세가 영 형편없을 수밖에 없었다.

"고개 숙이고 스로틀 당겨서 속도 올려요!"

"브레이크, 기어 변속!"

선생님이 앞에서 리드하며 여러 가지 주문을 해왔지만 왜 하는지 이유를 모르니 수동적인 달리기밖에 되지 않았다. 그래도 수업은 유익했다. 비록 레이서의 자세를 완벽하게 배우진 못했지만, 바이크를 타고 달리며 좌우로 눕혔다 세우고 속도를 높였다 줄이는 일이 재미있었다. 첫날 수업은 그렇게 감만 익히는 것으로 끝이 났다.

두 번째 방문은 목적이 확고했다. '코너에 대한 두려움 극복'. 공도의 스승 정운이와 함께 등록했다. 스피드파크는 총 길이 1.2km. 직선거리 250m, 12개의 코너와 2개의 헤어핀 코너를 가지고 있다. 첫 수업의 이론이 반복되었다.

코너를 돌 때 '길을 보라!'는 말을 많이 들었다. 자동차는 설계상 도로의 가운데를 달리는 느낌으로 운전하면 되지만 오토바이는 차선 안에서도 길이 있었다. 차선을 3등분하여 직진 코스인지 회전 코스인지에 따라 차선의 1/3, 2/3 지점을 나누어 그 라인을 달린다.

코너를 돌 때는 도로의 바깥쪽(out)에 붙었다가 코너의 정점에서는 도로 제일 안쪽(in)에 붙었다가 코너를 돌아서 나가는 끝 지점은 다시 바깥쪽(out)에 붙어야 한다. 이 구간에서 브레이킹과 스로틀을 어떻게 조작하느냐에 따라 초보와 상급자로 나뉜다.

실전 수업에서 이 연습을 한다. 오전 3시간, 오후 3시간, 6세션을 돈다. 앞사람과 간격을 두고 속도를 유지하면서 Apex를 따라 돈다. 한 세션이 끝날 때마다 선생님께서 보완해야 할 부분을 바로잡아

주셨다.

"속도를 늦추고, Apex를 주시하고, 오토바이를 기울이고, 달려라!"

- 속도 늦추기: 코너에 진입할 때 속도를 늦춘 다음, 브레이크에서 발을 뗀다.
- Apex 주시하기: 눈높이를 유지하며 진행하려는 코너링 라인을 선택한다.
- 오토바이 기울이기: 가고자 하는 방향으로 그립을 사용하여 오토바이를 기울인다.
- 달리기: 코너를 빠져 나왔다면 오토바이를 세우고 스로틀을 감아 속도를 올린다.

　주행 습관을 만드는 훈련이기 때문에 하루 연습으로는 부족했다. 이렇게 배운 이론과 실습을 도로에서 활용하는 것이 중요했다. 6세션을 다 돌고 나니 코너에 대한 자신감이 살짝 샘솟는 듯했다.
　수업을 함께 들은 정운이의 평이 궁금했다. 정운이 역시 코너에서 자신만의 습관이 있는데 선생님이 알려주신 대로 하니 훨씬 더 빠르게 코너를 빠져나오는 것을 느꼈다고 했다. 습관이 무섭다고 자연스럽게 되지 않는 점만 고치면 확실히 빠르면서도 안전하게 달릴 수 있겠다고 총평을 했다.

그날 수업 이후 코너링이 부드러워졌다. 하지만 여전히 능숙하지는 않았다. 나 역시도 평생의 습관을 만들어 가는 과정이라 생각하며 하나씩 배워가고 있다.

라이딩스쿨 수업은 라이더의 수준에 맞게 단계가 나뉜다. 고치는 게 힘든 초심자의 경우 1차 교육을 세 번 받기도 하고 상급자의 경우는 오자마자 심화 교육에 투입되기도 한다.

수업이 세분화되어 있다고 하지만 오는 라이더마다 타는 습관과 형태가 다르기 때문에 한 번만 수업을 받는 사람은 없는 듯했다. 선생님께 원 포인트 레슨을 받고 도로에서 실습을 하고 안 되면 다시 와서 또 레슨을 받는다. 이 과정 또한 몸으로 익히고 수없이 연습해야 하는 것이기에 실력은 사람마다 다르다.

나 역시도 세 번의 수업을 마쳤지만 아직 코너를 제대로 돈다고 말하기에는 자신이 없다. 세 번째 수업은 여성 스킬 챌린저 대회 나가기 전날 벼락치기 공부하듯이 수강했는데, 그날 일주일에 한 번씩 오는 노력파를 만났다. 알고 보니 여성 라이더 프시케의 총무 애리의 남친이었다.

그에 대해서는 익히 많은 이야기를 들어왔다. 고등학생 때부터 오토바이를 타기 시작해서 지금은 레이싱 선수팀에 합류해 GIMSF(강원 인제 모토 스피드 페스타) 등 대회에 나가는 선수였다. 얼마 전 레이싱 연습을 하다가 가드레일을 들이 받고 갈비뼈에 금이 가서 쉬고 있다고 들었는데, 사고 난 지 며칠 지나지 않아 다시 훈련하러 나온 것이다.

BMW 여성 라이더
스킬 챌린지 대회

　내가 열한 살에 엄마가 오락실 운영을 하고 있을 때였다. 동네에서 가장 자전거를 잘 타는 6학년 오빠와 엄마는 딜을 했다.

　"너 하루 종일 오락을 하게 해줄 테니까 형주 자전거 좀 가르쳐 줘라!"

　거래라기보다는 명령에 가까운 부탁이었는데 동네 오빠는 '하루 종일 오락 공짜'라는 주술에 걸려 나에게 자전거 타는 법을 열심히 가르쳐줬다.
　오빠의 자전거는 다리가 닿지 않을 정도로 높았다. 오전에 시작된 자전거 배우기는 오후가 되어서야 끝이 났다. 그리고 다음날 엄마는 내게 사이클을 사주셨다. 역시 다리가 닿지 않았다. 하지만 페달을 굴려 달리기 시작하면 내 다리가 땅에 닿지 않는다는 건 문제가 되지 않았다.

이후로 한 손 놓고 타기, 두 손 놓고 타기, 윌리 등의 배우기가 끝나자 엄마는 내게 "니 동생들 자전거는 니가 가르쳐줘라!"라는 명령을 내렸다. 나는 동생에게 자전거 타는 법을 가르쳐줬고, 잘 타는 모습이 뿌듯했다.

하지만 나는 곧바로 동생에게 자전거 가르쳐 준 걸 후회했다. 동생이 완벽하게 자전거를 타면서부터는 우리는 매일 자전거를 서로 차지하려고 싸웠다. 뒤에 태우고 내가 운전하는 게 더 좋았는데…….

어려서부터 우리 자매는 책상 앞에 앉아 책을 읽는 것보다 밖에 나가 노는 걸 더 좋아했다.

"건강하게만 자라다오! 다치지 말고."

엄마의 바람대로 꽤 건강하게 자랐고 모든 탈 것들을 경험하며 자랐다. 다 자라서도 이렇게 음주가무를 좋아하는 건 아마 그때 형성된 세포에 유흥 DNA가 주입되어서가 아닐까 싶다.

4월 아침 나에게 또 하나의 주술이 걸렸다. '이륜차 타고 세계 여행' 카페에서 회원들의 안부글을 읽던 중 '인생을 즐겨라, 라이더처럼'이라는 제목을 발견했다. BMW Motorrad에서 여자 라이더들을 위한 대회를 연다는 공고문이었다. 가슴이 뛰더니 급기야, 종목을 살펴 내려간다.

D-day와 함께 코스 정보와 안내문이 날아왔다. 불안과 설렘, 두려움과 공포 그리고 이 모든 것 또한 즐겨내자 다독거리며 합천을 향한다. 이 길을 떠남을 허락해 주신 '쉼표' 이목수 님과 동행하며 응원해준 동생이자 바이크 스승 정운이에게 고맙다.

제주도에서 시작된 비가 남부를 거쳐 상승 중이라더니 합천에서 멈춘 듯하다. 온갖 비바람을 맞으며 마샬(=스탭)들이 코스를 만들고 점수 채점을 하고 코스와 바이크를 점검 중이다. 리허설 사이를 비집고 들어가 본다. 먼저 온 자매님이 코스 설명을 물어보기에 함께 설명을 들었다.

"내가 다 설명하면 반칙이니 내가 걷는 길을 잘 따라 걸어 봐요."

오토바이가 밟아야 할 라인을 보여주셨다. 숙소에 돌아와 숙소 욕

조에서 몸을 풀며 머릿속으로 코스를 그리고 또 그려 보았다. 얼마나 간절했는지 코스가 꿈에도 나왔다. '나는 꿈에서도 코스를 돌고 있다.' 아까 라인을 따라 걸으라던 팀장님이 말한다.

"내가 걷는 길이 길이니 잘 따라 걸어 봐요. 네, 맞습니다. 그 길이 코스이며 진리이죠. 잘 따라가고 있습니다."

그러다 삐끗하여 브레이크 꽉 잡고 시동 꺼트려 먹으며 바닥으로 곤두박질친다. 깜짝 놀라 허둥대며 일어났는데 물속에 머리가 빠졌다. '컥~ 컥~' 따뜻한 물에 몸 녹인다는 게 그 안에서 잠이 들어 버렸다. 대회 출전 이전에 숙소 목욕탕에서 익사할 뻔했다.

출전의 아침 여전히 비는 내린다. 마음속으로 비가 와서 누가 오겠나 했는데, 마침 숙소 옆방에 있던 여성 라이더들을 포함해서 대회장으로 속속 오늘의 선수들이 입장했다. 내 신청 번호가 58번인 것을 확인하고는 대한민국 여성 라이더가 많음을 다시 실감했다.
대회 진행을 위한 순번 뽑기가 진행되었고, 넘어져서 발생하는 부상에 대해 컴플레인하지 않겠다는 서약서를 썼다. 오른쪽 왼쪽 두 개의 코스가 그려져 있었고, 코스 안에는 7개의 종목이 있다.
선수들은 1,000의 점수를 부여받고 출발한다. 코스 진행하며 점수가 가감된다. 앞바퀴와 뒷바퀴가 탈선을 하면 100점 감점, 다리가 땅에 닿거나 선을 밟거나 라바콘을 치면 10점 감점이다.
이렇게 점수가 깎이더라도 마지막 7코스에서 만회하면 된다. 바로 '거북이 레이스'다. 10m 직선코스를 제일 느리게 나온 20명에게 200점이 더해진다. 오전 오후 두 번의 경기를 하고 합산하여 평균을 낸 것이 나의 점수가 된다. 아무 선도 밟지 않고 거북이 레이스도 성공적으로 마치면 최고 만점 점수는 1,200점이 되는 것이다.

　나의 등 번호는 50번. 차례를 기다리며 지나가야 할 길을 보고 머릿속으로 시뮬레이션 해 보았지만 제일 큰 문제는 오늘의 시승차 BMW G310R이다. 이전에 한 번도 타 보지 않은 네이키드(차체에 카울이 없는) 바이크다. 앉는 시트고, 스로틀감, 앞바퀴에서부터 뒷바퀴까지의 길이, 포지션 모든 것이 생소하다.
　아니나 다를까 내 차례가 되었다. 시뮬레이션 했던 길을 따라 잘 돌았지만, 시동 꺼먹기에서는 1등이다. 시동을 꺼뜨리니 자연스럽게 발을 땅에 딛으며 내 점수는 점점 내려갔다. 순위에 연연하지 않고 오후 경기에 임하기로 했다.
　긴장감이 어느 정도 해소될 때쯤 여성 라이더 프시케 카톡방에 대회 출전 소식을 올렸더니 방장 유미도 함께 출전했다는 소식을 전해왔다. 본부석 아래에서 통성명하고 접선했다. 알고 보니 오늘 아침 숙소에서 퇴실하며 만났던 여성 라이더 두 명이었다. 숙소 주차장에서 눈인사도 나눴는데, 눈앞에 두고도 자매님을 못 알아봤네……. 이런저런 수다로 긴장감을 녹이며 6월 정모를 쉼표에서 하자고 날짜를 잡았다.
　오후 경기에서는 오전보다는 시동을 덜 꺼트렸다. 대신 과한 스로틀 개방으로 유턴 코스에서 탈선을 해 버렸다.

오전 오후 경기와 별개로 번외 경기가 있었다. '거북이 달리기' 이날 거북이 달리기가 총 3번 있었다. 거북이 달리기는 폭 60cm, 10m 직선거리를 최대한 늦게 빠져나오는 코스이다. 중간에 탈선하면 탈락, 시동 꺼져도 탈락, 다리가 닿아도 탈락이다.

첫 번째는 클러치와 스로틀을 충분히 당기지 못해서 시동이 꺼지면서 탈락, 두 번째는 클러치와 스로틀을 과감하게 사용해서 탈락 마지막은 시동도 꺼트려 먹지 않고 클러치와 스로틀 브레이크를 적절히 사용하였지만 나보다 더 느린 사람이 있어서 탈락.

이 대회를 통해 빨리 달리기보다 느리게 달리기가 더 어렵다는 것을 알았다. 트라이얼 선수들을 보면 시동을 걸지 않은 바이크 위에서 중심을 잡고 오래 서 있는 것을 볼 수 있다. 능숙하지 않으면 할 수 없는 동작이다.

이 종목이 스킬첼린지에 들어간 이유, 그리고 왜 제일 높은 점수를 부여하는지 궁금해졌다. 코스를 부산의 BMW GS 트로피 팀이 짰다고 들었는데 이타세(이륜차 타고 세계여행) 멤버라서 다음에 만나면 물어봐야겠다는 생각이 들었다. 아마도 GS에서는 험지 탈출 능력 크기 때문에 추가로 외나무다리, 끝바, 미로 탈출 등의 종목이 들어간 것이 아닐까 한다.

BMW 여성 스킬 챌린지 대회가 열리는 합천은 파주에서 가까운 거리가 아니다. 비용과 시간을 들여가며 이 대회에 왜 출전하는지 질문을 받았다. 모두의 마음에 G310R이 있었듯이 내 마음에도 일

등이 있었다.

하지만 오전 경기를 해보고 그런 마음은 버렸다. 일등 이전에 나에 대한 점검을 다시 해 보자고 생각했다. 바이크는 잘 달리는 것보다 잘 서는 것이 중요하다. 구동보다 제어가 더 중요하다.

'클러치, 스로틀, 리어&프런트 브레이크, 조향' 여성 라이더 스킬 챌린지 대회에서 나의 바이크 조작 실력이 어느 정도인지 점검받고 싶었다. 물론 처음 타 본 바이크라 클러치와 스로틀 조작을 제대로 하지 못해 시동을 많이 꺼트렸다.

미로 탈출과 장애물 넘기, 거북이 달리기 등의 코스에서 그동안 연습했던 유턴과 원 돌기, 클러치와 브레이크 조작 등에 대한 스스로의 실력을 평가해볼 수 있었다. 매뉴얼 바이크 입문 1년차로써 잘 타고 있는 건지 스스로를 평가하는 시험대였지만, 계속 이렇게 타면 어떻게 되는지 밀려난 순위가 말해주고 있었다.

오전 오후 경기가 끝나고 순위가 나왔다. 개인적으로 가장 아쉬웠던 부분은 이 시상식이 1등부터 5등에 치중했다는 것이다. 이름만 대면 아는 선수와 유튜버가 1등부터 5등까지 차지했다. 이런 분위기 탓에 등수에 오르지 못한 선수들은 일찌감치 시상을 보지 않고 발길을 돌렸다.

미리 공지되어 어쩔 수 없는 부분이지만, 주짓수 대회에서는 나이별, 체급별, 그리고 주짓수 입문 6개월차, 1년차 이상, 그다음 띠별로 진행이 된다. 그리고 단계별로 토너먼트가 진행이 된다. (참고로 나의 레벨은 '시니어 미들급 입문자'다.)

BMW 여성 라이더 스킬 첼린저 대회에서도 입문 1년차 미만과 이상, 타는 기종에 미들급, 쿼터급, 리터급, 아메리카, 레플리카, GS 등 종목을 세분화했다면 시상이 너무 넘사벽 라이더에게만 치중되지 않았을 것 같다. 그리고 한 가지 더.

"여성 라이더 대회인데 남자가 더 많네?"

응원석에서 들었던 말이다. 응원 온 남성라이더들을 위한 몇몇의 경기가 있었지만, 미리 공지되지 않아 장비를 가져오지 못한 사람은 아예 참석이 어려웠다. 급기야 여친의 옷을 빌려 입고 나온 참가자도 있었다.

많은 여성 라이더가 지원했고 경기에 참석했다. 혼자 온 라이더는 없었다. 그만큼 누군가의 지원과 응원, 격려를 받았다. 시상의 순위에 들지 않아 먼저 돌아가는 라이더가 없도록 응원 온 친구와 가족 역시도 충분히 즐겼다 할 수 있을 만큼 모든 종목이 폭넓게 구성되었더라면 더 좋았을 것 같았다. 하다못해 경품추첨이라도 있었으면 하는 아쉬움이 있었다.

바이크 문화의 올바른 방향을 제시하는 행사여서 그 취지와 기획이 너무 좋았다. 경기 시작 전 많은 도움을 주신 BMW 사장님과 합천 군수의 인사가 있었지만, 더 큰 박수를 받아야 할 분들은 마샬 분들이지 않을까 한다.

행사 시작 전날부터 비가 내리고 때때로 돌풍이 불었다. 실외 경기인지라 궂은 날씨 속에서도 라인을 만들고 깃대와 라바콘을 설치했다. 행사 당일은 더 거세게 비가 왔다.

선수들이야 오전에 한 번, 오후에 한 번 제 차례에 나가서 맞으면 될 비바람이었지만, 마셜들은 자신의 포지션에서 그 비바람을 다 맞았다. 그뿐인가 선수들이 달릴 땐 함께 뛰며 혹시나 있을 사고에 같이 대처하고, 선수들이 쓸고 간 라바콘을 다시 정리해주었다. 시동을 꺼트려 먹을 때마다 '뭐 이까짓 거!'하며 웃으며 박수 쳐주고 넘어진 라이더와 바이크를 일으켜 세워주고 다독여 주었다. 이 모든 것들에 대하여 정말 감사의 말씀을 드린다.

끝으로 응원석 내 자리 옆에 계셨던 부산팀들 부산 싸나이들의 수다 때문에 시종일관 웃으면서 경기 관람할 수 있었다. '부와아앙' 누가 넘어졌다. 다들 벌떡 일어나서 소리의 진원지를 찾는다. 그러나 우리 부산 싸나이들 앉아서 하던 일 하며 고개 하나 돌리지 않으며 묻는다.

"괜찮나? 안 다쳤나? 안 다쳤으면 됐다!"

두카티 엔듀로 교육장
(Ducati Enduro Academy)

두카티 스크램블러 카페 방에 공지가 떴다. 스크램블러 모델 대상으로 포천 오프밸리에서 엔듀로 교육을 한다는 것. 제주도 혜자 투어를 경험했기에 앞뒤 잴 것 없이 바로 신청했다. 온로드도 제대로 갖추지 않았는데 오프로드 수업을 듣겠다고 수업 신청한 건 지나친 자신감이었다. 바이크 스승, 정운이와 정비하는 동생들 모두 걱정을 한다.

"누나 넘어지면 어쩌려고? 그런 무모한 도전을 하세요?"

나의 도전에 반대하지 않는 유일한 사람은 '쉼표' 이목수였다. 그는 오토바이를 타지 않는다. 고로 '오프로드'가 무엇인지 모른다. 얼마나 위험한 스포츠인지 모르기에 선뜻 '또 걸렸냐?'며 잘 다녀오라고 나를 보내 주었다.

늦겨울과 초봄 사이 아직 손이 시린 날, 포천 엔듀로 교육장 오프 밸리로 향했다. 매번 날씨가 문제다. 그날도 일기예보가 심상치 않았다. 오후 소나기 예정. 오프로드 특성상 비가 오면 비를 맞고 수업을 진행한다는 공지가 있었다. 첫 수업인데 그래도 비는 피하고 싶었다.

포천에 도착하니 교육장에는 실내인데도 불구하고 화목난로가 켜져 있었다. 모두들 난로 앞으로 몰려들었다. 지난 제주도 투어에서 만난 두스크 방장님과 공이 님도 오셨다.

오전 이론 수업, 점심 식사 후 운동장에서 실전 수업이 진행되었다. 수업을 맡아주신 분은 엔듀로 대장 '최홍준' 님이시다. '더 모터'에서 편집장을 역임하고 계시고, 각종 바이크 모으기가 취미이시다. 최근에는 모토톡으로 유튜브를 하고 계셔서 여러 가지 유익한 정보를 많이 전달해 주신다.

실내에서 이론 수업이 진행되었다. 오프로드는 온로드와 자세가 다르다. 아스팔트길을 달리는 것이 아니라 산길, 돌길, 물길을 달리기 때문에 서서 타는 것이 기본이다. 서서 탈 때의 발 위치, 무릎 그립, 좌우 핸들 위 손과 손가락 위치, 오르막길과 내리막길을 달릴 때 무게 중심을 어디에 둬야 하는지에 대한 설명이 이어졌다. 온로드와의 포지션이 완전히 달랐다. 특히 코너 돌 때는 완전 반대였다. 온로드가 회전 반경에 따라 오토바이와 자세를 함께 코너 쪽으로 눕힌다면 오프로드는 오토바이는 눕히지만 몸은 반대로 나가야 한다. 자세를 상상하느라 눈동자가 위로 올라간다.

"툭, 툭"

서서 탄다고? 아스팔트도 아니고 산길을? 꿀렁꿀렁대면서 탄다고? 기어를 3단에 놓고 그럼 시속 60~70km인데 그렇게 달린다고?

"투두두두둑"

이게 무슨 소리지? 눈동자가 소리가 나는 천장 쪽으로 향한다.

"쏴아아아!"

헉? 비가 내린다. 빗소리를 들은 스태프와 수강생 그리고 강사님의 표정이 미세하게 흔들렸다. 하지만 강사님은 용기를 북돋으며 이론 수업을 마쳤다.

"우리 모두 안 다치고 잘 타 봅시다!"

오프로드라는 게 원래 흙먼지 묻히며 타는 거라지만, 오늘 오프로드 입문인데 비까지 내리다니. 길이 미끄러울 텐데, 시야 확보가 안 될 텐데, 넘어지면 아플 텐데, 나 넘어지면 누가 나를 일으켜 세워주지? 눈앞이 깜깜해졌다.

쉬는 시간 운동장으로 나가 보니 비가 얼마나 더 세차게 내리며 운동장을 호수로 만들고 있었다. 아, 오프로드 말만 들어도 몸이 후

들거리는데 바닥에 빗물이라니…….

　피할 수 없으면 즐기라고 했던가? 무슨 그런 거지같은 말이 다 있냐며 챙겨온 비옷을 꺼내 입었다. 실전 수업 시작 전 강사님이 ABS를 해제 방법을 알려준다. 브레이크를 잡아서 ABS 터지는 것이 흙바닥에서 더 위험하다는 것. 뒷바퀴가 털리게 놔두는 것이 낫다는 것이다.

　강사님을 따라 포천 오프밸리 운동장을 한 바퀴 돌았다. 곧이어 바이크에서 일어서 보라고 주문하신다. 솔직히 여태껏 온로드 위에서도 일어서 본 적이 없어서 긴장되었다. 이번엔 속도를 좀 더 내어 본다. 스로틀을 당기는 데 한 번도 해 본 적 없는 중심 이동이라 고개가 뒤로 젖혀진다.

　다음 코스 팔자 돌기다. 라바콘 하나 세워두고 중심 무너지지 않게 팔자를 돈다. 시선은 가고자 하는 방향으로 두고 오른쪽에서 왼쪽, 왼쪽에서 오른쪽으로 나비 모양을 그리며 돈다. 특히 오른쪽 팔자 돌기가 더 안 된다.

　시선이 높아지니 두려움도 함께 왔다. 게다가 부드러운 아스팔트가 아니라 자갈과 흙이 섞인 바닥. 넘어지면 엄청 아플 것 같다. 혼자 하는 수업이 아니라 여럿이 줄을 지어 연습하는 거라 민폐를 끼치지 않으려 초집중을 했다. 흙바닥 중간에 푹 파진 곳을 들어간다. '으악~' 식겁했다. 강사님의 뒤를 따라갔지만 흙바닥도, 서서 타는 것도 익숙하지 않았다.

　십 분 쉬고 다음 진도를 나간다. 이번엔 스로틀을 열어서 기어 변속하며 3단까지 풀 스로틀을 댕겼다가 브레이크 잡는 연습이다. 50m 안에서 가속과 감속을 연습한다.

줄지어 한 명씩 출발한다. 뒷바퀴가 털리면서 돌과 물이 함께 튄다. 그 중 몇몇의 라이더들이 좌로 우로 슬립이 나고 스태프들이 급히 뛰어가 일으켜 세워준다. 내 손으로 신청하고 이 자리에 서 있지만 마치, 의자왕의 3000 궁녀 중 한 명이 된 기분이었다.

곧 내가 뛰어들 차례다. 심호흡을 하고 스로틀을 당겼다.

"으아아악 으아아악"

먼지를 얼마나 마신지 모르겠다. 몇 번의 연습이 끝나고 강사님이 나를 불러 세운다.

"지금 감속이 안 돼요! 왜 안 되는지 알아요? 가속을 못 하거든!"

아니, 나름 사력을 다해 스로틀을 열었는데 선생님 보시기에 아니었다. 기어 변속 없이 1단에서 풀 스로틀을 댕기니 제대로 속도 올리지 못하면서 더 위험한 상황만 연출하고 있었다.

앞에서 훈련생이 넘어지는 걸 보니 선생님의 지적에도 과감하게 스로틀을 못 당기겠다. 자신감도 쪼그라들고 주위에서 왜 다들 그렇게 말렸는지, 나는 또 왜 그 말을 안 듣고 기를 쓰고 여기까지 왔는지 후회가 되었다.

다시 쉬는 시간. 쇼바(쇼크업쇼소버: 주행 중 발생되는 노면 충격과 진동을 흡수하는 현가장치) 위에서 오프로드의 험난한 진동을 느끼고 나니 온몸이 정상이 아니다. 특히 내 머리 안에서 흔들렸던 뇌에 제일 큰 진동이 온 것 같았다.

"멍어어엉"

한동안 넋 놓고 앉아 있었다. 그 사이 운동장엔 내 키의 삼분의 일쯤 되어 보이는 친구들이 나와서 엔듀로 바이크를 타기 시작했다. 초등학교 4학년 남자아이와 중2 여학생이라고 했다.

"우와~"

겁도 없이 속도 내어서 타는 모습을 보니 내 모습이 초라했다. 키가 자라면서 겁도 같이 자랐나 보다. 나도 초등학생 때 저렇게 겁이 없었나 싶기도 하고 내 안의 소녀에게 용기를 주었다. 해 보자. 넘어져도 도전해 보자.

다음 시간 열심히 스로틀을 당겼지만, 결국 급가속은 성공하지 못했다.

느리더라도 조금씩 한 발씩 앞으로 나갈 생각이다. 다음 달 엔듀로 수업을 또 등록했다. 여전히 흙바닥 위에서는 급가속과 급감속이 힘들다. 그러나 여기서 배우는 것을 멈추고 싶지는 않다. 바이크의 삶 정비도 라이딩도, 온로드도, 오프로드도 균형 있게 가져가고 싶다.

바이크는 달리기 전 예열이 필요하다. 오일이 엔진 한 바퀴를 돌아 엔진의 온도가 어느 정도 오르면 그때 출발을 해야 한다. 나도 그렇다. 예열이 필요하다. 시간은 좀 걸리지만 그래도 시동을 끄고 엔진을 멈추지는 않겠다. 느리지만 조금씩 앞으로 가겠다.

에필로그

여성 라이더 프시케, 그녀들의 톡톡

　매뉴얼 바이크 입문 일 년 여성 라이더 한두 명 정도를 알고 지냈다. 말 그대로 알고 지내는 정도였지 바이크를 같이 타 본 적은 없다.
　정비를 배우는 명진오토바이에서 수진이라는 친구를 알게 되었다. 자그마한 체구에 Nmax 타다가 얼마전 MT03으로 기변을 했다. 그 친구를 통해 여성 라이더 카톡방이 있다는 알게 되었다. 그때 나는 책을 위한 원고를 쓰고 있었고, 다른 여성 라이더들은 어떤 계기로 입문하게 되었는지 궁금하던 차였다.

　프시케는 로마신화에 나오는 인물 중 하나로 우리가 잘 아는 큐피드의 연인이다. 인간으로서 신과 사랑을 나누고 뒤이어 신의 반열까지 오른다. 그 신화의 주인공답게 여성 라이더들은 하나같이 평범한 친구가 없었다.

가입하자마자 여자인지 인증을 먼저 요구했다. 나와 바이크가 나온 사진을 올리고 방장과 전화 통화를 해서 인증을 받는 수순이었다. 톡방 입장하자 명진오토바이에서 만난 수진이, 두카티 스크램블러, 의정부 예슬이가 아는 척을 해주어서 전화통화까지 가는 수순을 밟지는 않았다.

6월 6일 현충일, 쉼표에서 여성 라이더 모임이 있었다. 하필 비 소식이 있어서 다 함께 라이딩을 나가지는 못하고, 아침 일찍 만나 이륜차뉴스 동호회 소개에 실릴 인터뷰를 하고, 점심과 커피를 마시고 헤어졌다.

반나절의 시간이었지만 강렬했다. S1000r, s1000rr, r1, ninja300, r3, 브릭스톤, 엑스어드방 모인 바이크만큼 개성도 각기 달랐다. 각자의 집에서 출발하여 쉼표까지 오는 코스로 각자의 라이딩을 정리해야 했지만, 날마다 벙이 올라와서 시간 맞는 사람들은 각개로 즐겁게 달린다.

카톡방에서 만나는 알짜 정보들도 넘쳐난다. 화장을 하고 어떻게 헬멧을 쓰는지, 어떤 브랜드가 묻어나지 않는지, 여자들만 느끼는 고충 또한 여기서 해결할 수 있다.

남형주 님이 들어왔습니다.

책 쓰다가 갑자기 여라들 어떻게 바이크 입문했는지 궁금 터졌어요.

왜 타기 시작했는지 한 분 한 분 커피 마시며 들어보고 싶은데……

김은주
난 더 늙기전에 타보자 해서 타씀

이지안
저도;;;

노희수
난 원래 어릴적부터 타보고 싶었음

이지안
어릴때부터 타고 싶었는데 못타다가 더 늙으면 못탈꺼 같아서 ㅋㅋ

노희수
그티그티~~

김은주

나도 20대때부터 타고싶었지

노희수

울엄니 피받아 그래

김은주

ㅋㅋㅋㅋ

이지안

드뎌 탄드앙~~ㅋㅋ

혜린이

처음 운전면허 딸때부터 그렇게 밟으시면 사고나요 라는 소리들었는데 크면서도 시골사람이라 오토바이를 내가 탈 수 있는 존재라고 생각해 본 적 없었는데 남편 만나고 날 빅스에 텐덤하고 놀러다녀오던 남편이 역전 근처에 세워 둔 스쿠터를 다시 가지러 오기 귀찮다는 이유로 저를 타보게 했어요..
그때부터 시작되었죠 따이면 빡치는 일이..

안혜지

전 바이크 혐오자 였는데 어쩌다보니. 텐덤하게 되고 재미를 가지다보니 면허를 따게 되고 내가 운전하게 되고..ㅋㅋ 차 운전할 때 봤던건 다 배달들이였단걸 처음 깨달았어요..ㅋㅋㅋ

최미현

저는 회사 과장님이 바이크타시는 분인데 첨엔 위험하지 않아요? 왜 타요? 이러다가.. 버스에선 사람에 치이고 꽉막힌 도로를 네 발로 출근을 시작하면서 옆에 지나가는 바이크들 보고 나도 바출을 해야겠다!!

이 생각으로 스쿠터도 안 타본 제가 면허따고 장비사고 r3으로 입문 했어용!!

입문 3주차 입니다.ㅋㅋㅋ!!

나민희

우울증 걸려서 남편이 바이크 타볼래?
한마디 했다가 바로 입문했습니다~
바이크 바람이 났지요 ㅋㅋㅋ

박다영

저는 가족이 다 바이크를 타시는데 엄마가 너도 면허따와 오토바이 사줄게. 오토바이 타는 여자 멋있지 않아?

이 한마디에 바로 가서 따왔더니 미친년 소리 듣고 타게 됐어요.. 17살 때..

최미현

오왕 ㅋㅋㅋ 다영님 입문계기가..ㅎㅎㅎ

정인

ㅎㅎㅎ 저도 면허 가져오고서는 너무 재밌어서 눈비 혹한 안오면 거의 매일 바출한거 같아요.

이다솜

바출이 진짜 최고최고!!!

정인

진짜 바출 없었으면 무슨 낙으로 일주일 버텼을까 싶어요 ㅎㅎ

이현진

전 남친이 바이크 사고 싶다고 2년 조르다가 안되겠는지 너도 타라면서 스쿠터 사줘서 탔는데 제가 더 미쳐서 타게 되었지요..ㅎ

전남친이 사준 스쿠터 덕분에 현남친을 만났다는 ㅋㅋㅋㅋ

정인

ㅎㅎㅎ 인연이란 모르는거

이현진

진짜 인연이란 모르는거 ㅋㅋㅋ

내가 '좋다!'고 하는 걸 '나도 좋다!'라고 늘 말해주는
프시케 친구들이 나는 너무나 좋다.

이 시를 사랑하는 작가
남형주 영전에 바칩니다.

빈 집

이미화

하기 싫은 이야기가 하고 싶어질 때면
누구나 꼭 한 번 가고 싶은 곳이 있습니다
떠나온 첫사랑에게 때늦은 사과를 하려는 듯
빗장 걸어둔 문을 서성이다
언젠가 심은 나무의 그림자가 벽을 넘어
발끝에 닿았을 때까지도 몰랐습니다

작은 문틈 사이를 비집는 햇살
늘 그 안에 있는 듯 훔쳐보다
먼저 열어 줄 어떤 이를 한참을 기다려 보지만
끝내 하고 싶었던 이야기조차 잃어버리고
두드리지도 못한 채 돌아서는 길
꽃이 진 빈 들녘만이 괜스레 야속하기만 합니다

왜 기다리는 것은 더디 오고 서둘러 가는지
도배지 풀물 빠진 얼굴 위로
까치발 산행하던 봄꽃은 지고
오래된 도마의 등짝같이 움푹 패인 가슴에는
마르지 않는 빗물만 고입니다

그 집에 동거하던 사람들의 문패를 떼어내고
낡은 벽장에 남겨둔 새 한 마리마저 날려 보내고서야 알았습니다
꽃은 봄에도 진다는 것을

-파주 게스트하우스 '쉼표'에 대한 단상(單想)

나는 뒤로 가지 않는다

남형주 지음

발 행 처 · 도서출판 청어
발 행 인 · 이영철
영   업 · 이동호
홍   보 · 천성래
기   획 · 남기환
편   집 · 방세화
디 자 인 · 이수빈 | 김영은
제작이사 · 공병한
인   쇄 · 두리터

등   록 · 1999년 5월 3일
(제321-3210000251001999000063호)

1판 1쇄 발행 · 2020년 10월 30일

주   소 · 서울특별시 서초구 남부순환로 364길 8-15 동일빌딩 2층
대표전화 · 02-586-0477
팩시밀리 · 0303-0942-0478

홈페이지 · www.chungeobook.com
E-mail · ppi20@hanmail.net
I S B N · 979-11-5860-891-0(03810)

이 도서의 국립중앙도서관 출판시도서목록(CIP)은 서지정보유통지원시스템 홈페이지
(http://seoji.nl.go.kr)와 국가자료공동목록시스템(http://www.nl.go.kr/kolisnet)에서 이용
하실 수 있습니다.(CIP제어번호: CIP2020039679)